핑크뮬리 꿈꾸는 분식집

백정미 첫 소설집
핑크뮬리 꿈꾸는 분식집

초판 1쇄 인쇄 2024년 10월 21일
초판 1쇄 발행 2024년 11월 08일

신고번호 제313-2010-376호
등록번호 105-91-58839

지은이 백정미

발행처 보민출판사
발행인 김국환
기획 김선희
편집 조예슬
디자인 다인디자인

ISBN 979-11-6957-246-0   03810

주소 경기도 파주시 해올로 11, 우미린더퍼스트@ 상가 2동 109호
전화 070-8615-7449
사이트 www.bominbook.com

• 가격은 뒤표지에 있으며, 파본은 구입하신 서점에서 교환해드립니다.
• 이 책은 저작권법에 의하여 보호를 받는 저작물이므로 무단 전재와 복사를 금합니다.

백정미 첫 소설집 ──────

핑크뮬리 꿈꾸는
분식집

{ 백 작가의 큰 울림과 감동을 주는 비밀처방전이
힘들고 지친 이들에게 위로와 희망을 선사할 것이다. }

보민출판사

추천사

　백정미 작가의 첫 소설집 『핑크뮬리 꿈꾸는 분식집』은 평범해 보이지만 결코 평범하지 않은 분식집에서 펼쳐지는 특별한 이야기이며, 인생의 길을 잃은 사람들에게 새로운 길을 제시하고 있다. 백정미 작가는 소박한 분식집을 무대로, 각 인물들에게 따뜻한 한 끼와 함께 그들의 인생에 다시 빛을 비춰줄 '비밀처방전'을 건넨다. 음식이 위로의 매개체가 되어 각자의 삶에 새로운 희망을 불어넣는 방식이 이 소설의 핵심이다.
　작가는 왜 분식점이라는 공간을 설정했을까? 음식은 단순한 생존 수단을 넘어서 사람의 감정을 담는 그릇이 될 수 있기 때문이다. 인생의 중요한 순간마다 음식은 위로의 한 조각이 되기도 하고, 추억의 한 장면이 되기도 한다. 우리가 힘들고 지칠 때, 누군가 건네는 따뜻한 밥 한 끼는 말로 전할 수 없는 따스함과 안도감을 준다. 그것은 단순히 배고픔을 채우는 것이 아니라, 마음의 공허함을 메우고 영혼을 어루만지는 힘을 가지고 있다.

이처럼 위로란 꼭 거창한 말이나 행동으로만 전해지는 것이 아니다. 음식을 통해 전해지는 위로는 말로 전할 수 없는 깊은 감정과 마음의 교류를 담아낸다. 음식은 때때로 우리의 뱃속을 채우지만, 그보다 더 큰 힘으로 마음까지도 채운다. 그렇기에 어떤 음식이 위로가 되는지는 그 사람만이 알 수 있는 소중한 기억의 조각들로부터 비롯된다.

백정미 작가는 '음식'이라는 위로와 더불어 '비밀처방전'이라는 삶의 방향도 함께 제시하고 있다. 다양한 연령대의 인물들을 등장시켜 각자의 삶 속에서 겪는 고난과 슬픔을 통해 우리 모두가 공감할 수 있는 삶의 이야기를 담고 있다. 10대부터 40대까지의 인물들이 자신의 인생에서 맞닥뜨린 무거운 현실 속에서, 백 작가가 건네는 삶의 메시지는 무엇인지 궁금증을 자아내게 한다.

소설 속에서 백 작가는 신비롭고 미스테리한 인물인데 그녀는 마치 모든 사람의 마음을 꿰뚫어보는 듯한 깊은 눈을 가졌으며, 사람들의 상처와 고통을 들여다보는 능력을 가지고 있다. 이 소설을 읽다 보면 마치 우리 자신도 백 작가의 분식집에 앉아 있는 것처럼 느껴질 것이다. 그리고 그곳에서 당신만의 비밀처방전을 받게 될 것이며, 인생의 어느 순간이든 다시 일어서야 할 때 이 소설이 당신에게 큰 힘이 되어줄 것이다.

2024년 11월
편집위원 **김선희**

프롤로그

　처음으로 소설을 써봤습니다. 이 소설은 바로 당신을 위한 소설이랍니다. 삶에 지치고 힘든 당신을 생각하면서 쓴 책이랍니다. 오늘은 원고를 최종적으로 검토하는 날입니다. 지금 시간은 새벽 두 시 반이네요. 내 품에 있던 [핑크뮬리 꿈꾸는 분식집]이 이제 세상에 나가려고 합니다. 제가 이 책을 출간하는 것은 제 자신을 위해서가 아니라 여러분들을 위해서입니다. 독자님이 행복하시다면 전 그 모습을 지켜보는 것만으로도 행복합니다. 이 책을 출간하는 건 백정미란 사람의 마음이 늘 독자님들의 아픔을 헤아리고 있기 때문입니다.
　전 이 책이 가진 운명을 이미 알고 있습니다. 이 책은 위대한 우주의 지혜를 지니신 신과 함께 쓴 글임을 고백합니다. 이 책을 쓰는 내내 절실한 기도를 올렸습니다. 진정으로 힘들고 지친 이들을 위로할 책을 쓰게 해주시라고 신에게 간절한 눈물의 기도를 올렸습니다. 제가 처음으로 눈물의 기도를 올리면서 쓴 책입니다.

그래서 전 이 책이 반드시 많은 분들에게 큰 감동을 주고 사랑을 받으리라고 믿습니다. 이 책은 그런 운명을 지니고 태어난 책입니다. 신께서 지혜를 주셔서 쓴 책이므로 대한민국을 넘어서 세계인들의 마음을 위로해줄 것입니다.

지금은 저의 사정상 더 많은 비밀처방전을 책으로 못 내지만 이 책이 성공하면 꼭 독자님들을 위한 비밀처방전을 한 권의 책으로 낼 것을 약속드립니다. 오늘도 제게 글을 쓸 지혜를 주신 신께 감사합니다. 그리고 이 책을 읽으실 독자님들에게도 감사와 사랑을 전합니다. 당신은 눈물겹게 고맙고 사랑스럽고 소중한 존재입니다. 항상 몸과 마음이 건강하시고 봄날의 햇살처럼 행복하시길 기도드립니다.

2024년 11월
소설가 **백정미**

핑크뮬리 꿈꾸는 분식집

———————————○ 백정미 첫 소설집

　고독한 존재가 유난히 외로워지는 시간이다. 바람은 사방에서 스산하게 불어오고 어디선가 들려오는 휘파람 소리는 힘겨운 영혼의 메마른 절규와 같다. 밝음은 어둠에 의해서 빛나고, 어둠은 밝음으로 인해서 그 가치를 인정받는다. 삶의 허무와 괴로움을 아는 자만이 이 시간을 즐길 자격이 생길 것이다.
　추적추적 비가 내리는 토요일 오후다. 영등포역 앞에서 전철을 기다리던 두 소녀가 누가 들을까 조심스럽게 이야기를 한다. 그녀들의 모습은 시간 속에서 아슬아슬하게 흔들린다. 누군가 살짝 건드리면 터지고 말 것 같은 비눗방울처럼 몽글몽글하다.
　"송이야, 너 그 말 들어봤어?"
　"무슨 말?"
　"요즘 이상한 소문이 돌더라."
　"무슨 소문?"
　"애들이 그러는데 경기도 어느 시골 마을에 신기하고 수상한 분식집이 생겼대."

"신기하고 수상한 분식집? 하하하. 야, 무슨 분식집이 신기하고 수상하냐?"

"웃지 말고 잘 들어봐. 그곳에 가서 음식을 먹고 나면 사람들이 변화되어서 나온대."

"사람들이 변화된다고?"

이제야 진지하게 다른 소녀가 궁금해한다.

"있잖아, 금방 죽을 것 같던 사람이 뭔가 희망찬 모습으로 변화되어서 나온대."

"신기하지?"

그러자 이야기를 듣던 소녀가 말도 안 된다는 듯 회의적으로 말한다.

"그거 헛소문 아니야? 무슨 분식집에 갔다 나오는데 사람이 희망차게 변화되어서 나오냐?"

"나도 처음엔 헛소문인가 했는데 여러 사람이 말하는 걸 보니 진짜인가 봐."

"진짜일까?"

송이는 그 말이 진짜인지, 진심으로 궁금해지기 시작했다. 이상하게 요즘 우울증이 심해져서 툭하면 눈물이 나오곤 하는 중이기 때문이다. 정말 그런 곳이 있다면 한 번쯤 가보고 싶어진다.

"그곳이 어디에 있어?"

송이가 물었다. 그 물음은 간절하기도 했다. 마음속에 그곳으로 가고 싶다는 소망이 생겼기 때문이다.

'정말 그런 곳이 있다면, 가서 라면이라도 한 그릇 먹어보고 싶다.'

"나도 자세히 모르는데 그곳에 다녀온 언니가 있어. 전화해 볼게."

미라가 어딘가로 전화를 걸었다.

"여보세요. 언니! 나야, 미라."

"저번에 언니가 말했던 신기한 분식집이 어디에 있어? 으응. 알겠어. 그런데 그곳에는 한 명만 갈 수 있다고? 둘이 가면 안 돼? 으응. 고마워."

미라가 전화를 끊고 송이에게 마치 비밀을 말하듯이 목소리를 낮춰 말한다.

"경기도 양평에 있대. 너 거기 가고 싶어졌니?"

"응, 갑자기 가보고 싶어졌어. 이 느낌은 말이야, 마치 동화 속에 나오는 마술피리 부는 아저씨를 따라가고 싶어지는 느낌이야. 그곳에서 나를 부르는 것만 같아."

"그래? 나도 그런 감정이 드는데."

"양평 어딘지 알아? 양평은 가본 적이 없는데."

"응, 청운면이라는 곳인데 서울에서 그리 멀지는 않아."

"알았어. 청운면, 꼭 가봐야겠다."

"너랑 같이 가보고 싶었는데 한 명씩만 가야 한대. 그리고 거기 사장님이 좀 특별한 사람이래."

"어떤 사람인데?"

"작가래."

"작가? 헐. 아니 작가면 글을 써야지 무슨 분식집을 한단 말이야? 들을수록 이상한 분식집이네."

송이가 커다란 눈을 깜빡거리면서 말한다.

"그러게 나도 참 이상하단 생각이 들더라고. 작가와 분식집, 뭔가 안 어울리는 조합인 것 같아서."

그날 밤, 송이는 좀처럼 잠을 이루기가 어려웠다. 지루한 일상의 파편으로 물든 육신이 갑자기 산산조각 난 것만 같다. 과거의 육신은 사라지고 새로운 육신으로 거듭나는 것만 같다. 육신뿐만 아니라 꽉 막힌 듯 답답했던 정신에도 시원한 기운이 느껴진다. 이것은 분명히 좋은 징조다. 오늘 그 이야기를 들어서인 듯싶다.

'작가가 분식집을 한다는데 그곳은 어떤 곳일까? 대체 어떤 곳이길래 그곳을 다녀온 사람들이 저마다 희망을 품고 나온다는 걸까?'

이런저런 생각이 들어서 잠이 오질 않는 것이다.

"왜 그곳에 가고 싶어지는 걸까? 양평이란 곳이 어딘지도 모르는데. 태어나서 한 번도 가보지 못한 곳인데 겁 없이 가보고 싶어지네. 이상하다, 내가."

헛웃음이 나온다. 사실 송이는 요즘 학교 가는 것이 고통스러웠다. 학교 가는 일이 고행의 길을 가는 것처럼 버거웠다. 아무리 노력을 해도 성적은 오르질 않고 친구들도 예전처럼 친근하게 느껴지지 않는다. 그래서 공부도 하기 싫고 학교라는 곳 자체가 싫다. 학교는 커다란 아가리를 벌리고 매일 아침 자신을 게걸스럽게 먹는다고 생각했다. 그만큼 싫은 곳이다.

부모님은 이런 송이의 마음을 알아챌 시간조차 없다. 아빠는 중소기업체를 운영하시느라 눈코 뜰 새 없이 바쁘시고 엄마는 골프를 치러 다니시느라 여념이 없다.

송이는 사실 방임된 양과 같은 존재다. 엄마도, 아빠도, 한 명 뿐인 오빠도 전혀 송이에게 관심이 없다. 다른 집안은 자식에게 공부 잘하라고 잔소리도 한다는데 송이네 부모님은 그런 잔소리조차 하질 않는다. 관심을 받지 못한 식물이 시름시름 앓다가 시들어가듯이 지금 송이는 시름시름 시들어가는 중인지도 모른다.

'내일 양평에 가야겠다!'

송이가 불끈 주먹을 쥐고 스스로와 다짐한다. 그리고 양평에 가는 방법을 검색하기 시작한다. 영등포구청역에서 탑승해서 왕십리역에서 갈아타면 양평역에 도착할 수 있다. 시간은 두 시간 정도 걸린다. 그리 멀지 않다. 내일이면 난 양평에 가 있을 거야. 송이의 두 눈이 반짝인다. 엄마도, 아빠도, 오빠도 주지 못한 그 무엇을 그곳에 가면 받을 것만 같은 기분이 들어서다. 그렇게 생각하자 이제 마음이 편해졌다. 잠이 스르르 찾아온다.

드디어 청운면에 도착했다. 빨간색 가방을 멘 송이의 얼굴이 밝아졌다. 양평역에서 내려서 버스를 타고 청운면 소재지에 있는 터미널에 온 것이다. 들은 대로 작은 시골 마을이다. 낮은 건물들만 보이고 터미널도 굉장히 작고 아담하다. 마치 공중 전화부스 같은 모양의 터미널 쉼터는 투명해서 그곳에 앉아 있는 사람들이 무엇을 하는지 다 알 수 있었다.

이곳 마을은 책을 좋아하는 사람들이 사는지 쉼터 안에는 책도 꽂혀있었다. 터미널 앞에는 작은 도서관도 있다. 뭔가 지적인 느낌이 든다. 그래서 작가님이 분식집을 하는지도 모르겠다는 생각이 든다.

"안녕하세요. 실례지만 이곳에 작가님이 운영하는 분식집이 있다고 소문을 들어서 왔는데요. 그 분식집이 어디쯤 있는지 좀 가르쳐 주실래요?"

송이가 30대로 보이는 행인에게 물었다. 행인은 예상치 못한 질문을 받았다는 듯 송이를 빤히 쳐다본다.

"왜요?"

"거기 가서 라면을 먹으려고요."

"그곳에 가려면 한참을 더 걸어가야 해요. 그런데 꼭 가고 싶어요?"

행인은 송이가 그곳에 가는 게 못마땅한 걸까? 알면서 왜 빨리 안 가르쳐 주는지 송이는 답답하다.

"네, 꼭 가고 싶어요. 어떻게 가면 되나요?"

"그렇게 가고 싶다면 알려는 드리겠지만 오늘 공휴일이라 여는지 잘 모르겠네요. 그리고 한 가지 말하고 싶은 게 있는데 그 분식집에 가면 비밀처방전을 준답니다. 그 비밀처방전은 꼭 자기 자신만 알고 있어야 해요. 그 처방전을 다른 사람에게 주면 안 돼요."

"비밀처방전이요?"

"그래요. 그 비밀처방전을 소중히 간직하세요. 나도 그곳에 다녀왔는데 지금도 그 비밀처방전을 집 안에 소중히 간직하고 틈날 때마다 읽어요. 그걸 읽으면 힘이 나고, 우울한 마음도 사라지더라고요. 그리고 거기 사장님을 만날 때 지켜야 할 규칙이 있어요."

"무슨 규칙이요?"

"그건 작가님에게 메뉴를 시킬 때 라면 주세요, 이렇게 하면 안 되고, 라면과 비밀처방전을 주세요, 라고 하는 거예요."

행인은 이제 송이 곁에서 한없이 다정하게 이야기하는 중이다.

아까의 약간 경계하던 태도와는 사뭇 달라진 모습이다. 송이는 마치 자신이 이상한 나라의 앨리스가 된 기분이 되었다.

이곳은 어디이고, 나는 누구인가, 하는 질문이 떠오를 지경이다. 마침 분위기도 야릇하다. 하얀 안개가 자욱하고, 어디선가 금방이라도 신선이 날아와도 어색하지 않을 것 같다.

"거기 사장님이 작가님인 건 이미 알고 오셨죠? 근데 작가님이 조금 예민해서 그렇게 주문하지 않으면 아예 음식을 안 주어요. 그리고 돈은 받지 않으니 내지 않아도 됩니다."

"돈을 안 내도 된다고요? 분식집인데 돈을 안 받으시면 어떻게 운영을 하나요? 전 돈을 낼 거예요."

"안 내도 된다니까요. 돈을 내면 작가님이 화를 내요. 저기 다리 보이죠? 저 다리를 건너서 조금만 들어가세요. 약 10분 정도 쭉 걸어가다 보면 세 갈래 길이 나와요. 거기서 왼쪽 길을 따라 10분 정도 걸어가면 아담하고 예쁜 황토색 이층집이 나와요. 핑크뮬리 태양광 등이 있는 곳인데 작가님이 핑크뮬리를 좋아한다고 하시더군요. 그곳이 바로 꿈꾸는 분식집이랍니다. 그럼 잘 다녀가요."

행인은 송이에게 처음으로 미소를 지어 보이면서 인사를 하고 멀어져갔다. 그는 파란색 티셔츠를 입고 있었는데 하얀 얼굴과 무척 잘 어울려 보였다. 다행이다 싶었다. 낯선 곳에 와서 헤매지 않고 집을 찾아갈 수 있게 되었으니까 송이는 기분이 좋아졌.

터미널 바로 옆에 있는 조그만 슈퍼에 잠깐 들러서 식혜 한 병을 샀다. 갑자기 목이 말랐다. 긴장을 한 건 아닌데 자꾸 목이 메마르다. 심장도 조금씩 두근거린다. 오직 라면을 먹겠다는 일념으로 이곳 양평에 온 송이다. 자신이 미식가도 아닌데 음식 하나 먹자고 이렇게 먼 곳에 온 것도 재밌긴 하다고 생각한다.

식혜를 꿀꺽꿀꺽 들이켜 마시면서 천천히 다리 쪽으로 걸어간다. 공휴일이라서 그런지 터미널 오른편에 있는 약국은 문을 닫았다. 만약에 열었다면 우황청심환이라도 사서 먹었을지 모른다. 마치 시험을 치르던 날처럼 떨리기 때문이다. 송이의 이런 떨림을 지켜보는 무언가가 있었다. 고개를 돌려보니 그곳에 아주 빨간 장미가 소담스럽게 피어있었다.

"정말 예쁘다. 장미를 잘 키워놓으셨네."

장미가 송이를 보면서 웃어 보였다.

"어서 와, 기다리고 있었어. 난 네가 올 줄 알았지. 인생의 좋은 해답을 얻어가길 바랄게!"

그런 환청이 들리는 것만 같은 송이다. 약국 모퉁이 건너편 길 집 앞에 장미가 있었는데 지나가는 사람들의 시선을 즐겁게 만들어주기 위한 주인의 정성이 보였다. 장미의 향기를 맡아본다. 무척 향긋하다. 그 향기 덕분인지 약간 긴장감이 풀어진다. 이런 향기가 왜 나에게는 없을까? 문득 그런 질문이 던져진다. 향기는커녕 생기도 잃은 자신의 모습이 가엾고 애처로웠다.

행인이 가르쳐 준 대로 길을 따라 걸어 올라가는 동안 할머니들을 만났다. 90대는 되어 보이는 할머니들 서너 분이 회관 앞에서 담소를 나누고 계셨다. 송이가 꾸벅 인사를 했다.

"안녕하세요."

"학생, 어디 가?"

"네, 저기 분식집에 가요."

"으응. 요즘 그 집에 사람들이 많이 가더라고."

머리가 하얀 할머니가 주름이 유난히 많은 할머니를 바라보면서 말했다. 두 분은 그 집을 잘 알고 계신 걸까? 송이가 뭔가 더 질문을 하려고 하자 갑자기 할머니들이 자리를 뜬다.

"그럼 학생, 잘 다녀와. 그곳이 우리 동네에 있다는 게 자랑스럽구만. 대단한 사람이야."

아마 작가님을 지칭한 말이리라. 90대 할머니들께서 대단하다고 인정하다니 분식집 사장님의 정체가 점점 더 궁금해진다. 발걸음을 재촉하고 있는데 이번엔 동네 강아지가 송이 앞을 가로막는다. 노란 색깔의 웰시코기다. 귀엽고 앙증맞은 자태가 우울한 마음을 달래주었다. 반가운 마음에 인사를 해본다.

"안녕, 난 송이야."

"……."

강아지는 아무런 대답도 없이 까만 눈으로 송이를 응시했다. 짧은 다리에 쫑긋한 귀에 오동통한 엉덩이가 귀여운 녀석은 송이에게 눈길을 한 번 주더니 저만치 총총히 사라져갔다.

'이 동네는 강아지까지도 뭔가 지적이구만.'

송이는 속으로 그렇게 말하지 않을 수 없었다. 다소 목가적인 풍경의 이 동네는 몇 년 전에 예능프로그램의 주 무대로 나왔던 것 같다. 그러고 보니 어디선가 많이 본 커다란 은행나무며, 다리 옆 공터며, 마을 입구 쪽 집들이다.

솔직히 송이가 기분이 좋아서 예능프로그램을 본 건 아니다. 오히려 집에 있는 거 자체가 울적했기 때문에 예능프로그램을 보면서 억지웃음이라도 지어보고 싶었던 것이다. 정말 오랫동안 외로웠다. 그리고 쓸쓸했다. 아무도 찾지 않는 오지에 홀로 사는 자연인도 그처럼 고독하지는 않았으리라. 아직 스무 살도 안 되었지만 송이는 마치 세상을 다 산 기분이다.

송이는 늘 생각했다. 스무 살 이후의 사람들은 왜 사는 걸까? 십 대가 아닌 삶은 상상하기도 싫다. 그 이유는 희망이 없어서일 것이다. 앞날에 대한 기대가 없으니까 미래도 기다려지지 않는 것이다.

터벅터벅, 그래도 뭔가 희망을 가지고 걸어본다. 이 길 끝에서 만날 그분을 상상하면서. 분식집을 운영하는 작가님이라. 어떤 분일까? 궁금해서 미칠 지경이다. 송이는 자신의 성격을 잘 알고 있다. 내성적이지만 겉으로는 쾌활한 척한다. 그러나 그건 어디까지나 거짓 성격이다. 본래의 성격은 조용하고 내성적이다. 그런데 가끔 뭔가가 궁금해지면 조급해진다.

조급해진 발걸음으로 시골길을 걸어간다. 약간 구부러지고 약간 경사진 작은 시골길을 걷다 보니 길 양옆으로 서양식 예쁜 집들이 반겨준다. 지은 지 그리 오래되어 보이지 않은 목조주택이 풍경을 더 아름답게 만들어주고 있었다.

그런 집 몇 개를 지나 조금 더 걸어가니 길옆에 황토색 이층주택이 보인다. 작고 아담하면서도 뭔가 포근한 느낌의 집. 꽃분홍빛 핑크뮬리 태양광 등이 서너 개 있었다.

"저곳이다. 드디어 찾았어."

하마터면 소리를 지를 뻔했다. 수십 년 전에 잃어버린 이산가족을 찾은 것처럼 가슴이 뜨거워진다. 아담한 이층집은 길 바로 옆에 있었다. 몇 미터 앞에 그 집이 있다. 송이는 조심스럽게 걸어간다.

'작가님, 당신을 만나러 새벽부터 버스를 타고 이렇게 달려왔어요.'

마음속으로 이렇게 고백하면서.

"어서 와요."

그때였다. 송이의 뒤에서 부드럽고 따뜻한 목소리가 들렸다. 뒤를 돌아보니 엄마와 비슷한 나이의 여인이 서 있다. 하얀색 원피스를 입은 그녀의 모습은 백합처럼 신비로워 보였다.

"안녕하세요, 혹시 작가님이세요? 전 송이라고 합니다."

"알고 있어요, 송이 씨. 먼 길 오느라 고생 많았어요."

이미 송이가 올 것을 알고 있었다는 그녀는 바로 이 집의 주인인 백 작가이다. 그녀는 무려 14년 동안 책을 써오고 있다. 주로 사람들의 아픈 마음을 달래주는 힐링 서적들이다. 몇 권의 베스트셀러를 내기도 했다. 그런 그녀가 분식집을 연 것은 책으로만 독자를 만나기보다는 직접 삶이 힘겨운 이들을 만나 위로가 되어주는 음식과 자신이 쓴 힐링 글을 선물해주고 싶었기 때문이다.

"송이 씨가 어젯밤 꿈에 보였어요. 난 이곳을 찾아오실 분들을 미리 꿈속에서 만나요. 그건 어떤 예지력인지도 모르지만 신기하게 그런 능력이 생겼어요."

"어머, 정말이세요? 제가 꿈속에 나타났다구요?"

송이가 놀라서 입을 다물지 못한다. 믿을 수 없는 일이다. 어떻게 그런 일이 있을까 신기하고 놀라웠다. 그러나 더 놀라운 건 작가님의 실물이다. 마치 이 세상에서는 만날 수 없을 것만 같은 자태다. 그리스 로마의 신화 속 인물보다 더 신화적이다.

'뭘까? 이 오묘한 느낌은.'

송이가 이렇게 생각하는 것도 무리가 아닌 것이 백 작가에게서는 마치 다른 세계에서 온 사람처럼 신비로운 아우라가 뿜어져 나오고 있는 중이다.

"자, 집으로 들어가요."

집 안은 원룸처럼 생겼다. 작고 소박한 마음이 느껴지는 집이다. 욕심 없는 집주인의 심성이 고스란히 배어있었다. 송이는 다시 놀라웠다. 이렇게 작은 집에서 이렇게 큰마음으로 독자들을 위해 좋은 일을 하시다니. 이런 사람이 지금 내 앞에 있다. 송이의 가슴이 떨렸다.

"작가님, 전 오늘 작가님을 만나기 위해 서울에서 오는 내내 어떤 분일까 너무 궁금했답니다. 직접 이렇게 뵈니 그냥 뭔가 말할 수 없는 뭉클한 감정이 밀려들어요."

송이가 울컥한 목소리로 말했다.

"알아요. 그동안 많이 외로웠죠?"

마치 자신의 마음을 샅샅이 읽고 있는 듯한 백 작가의 말에 송이는 눈물이 날 것만 같았다.

"네, 정말 많이 외롭고 힘들었어요. 가끔은 이 세상에 나란 존재가 왜 태어났는가 원망한 적도 많아요."

그렇게 말하고 나니 갑자기 아까 행인이 알려준 이 분식집만의 특별한 주문법이 생각이 났다.

"작가님, 저 라면이 먹고 싶고, 비밀처방전도 받고 싶어요."

"그래요, 잠깐만 기다려요. 어떤 라면 먹고 싶어요?"

그러고 보니 방 안의 하늘색 선반 위에 갖가지 라면들이 진열

되어 있었다. 이곳에 올 손님들을 위한 작가님의 마음이 느껴진다. 아주 정갈하게 배치된 다양한 종류의 라면들.

"혼자서 자주 끓여 먹던 안성탕면이 먹고 싶어요."

그 말이 끝나자마자 백 작가가 라면물을 올리고 안성탕면 한 봉지를 선반 위에서 내린다. 그리고 약간의 힘을 가해서 봉지 안의 면을 두 조각으로 나눈다. 바사삭 부서지는 면 소리가 약간 상쾌하다. 파도 소리 같기도 하다. 라면 부수는 소리가 상쾌하기도 하구나, 라고 송이는 생각한다.

보글보글 물이 끓자 백 작가는 라면을 넣고 스프를 털어 넣는다. 스프를 털어 넣는 모습이 그림 같다. 배고픈 자식을 위해 라면을 끓여주는 엄마를 그린 그림처럼 다정하다. 그리고 냉장고에 가서 계란 하나를 가져와서 끓는 국물에 투하한다. 구수한 라면 냄새가 작은 공간에 가득 찬다. 젓가락으로 면발을 수십 번 들어 올렸다 내렸다를 반복한다.

'저건 내가 하던 방법인데.'

송이의 입가에 살며시 미소가 핀다.

"파는 넣을까요?"

백 작가가 넋이 나간 듯 자신을 지켜보고 있는 송이에게 무심한 듯 묻는다.

"네, 네. 작가님."

"나를 따라와 봐요."

백 작가가 송이를 데리고 문밖으로 나갔다. 송이는 그 이유를 금방 알게 되었다. 문 앞 작은 마당 옆에 있는 동그란 미니 텃밭에 대파가 있었기 때문이다. 그런데 대파가 다 싱싱하고 좋은 건 아니었다. 어떤 대파는 노랗게 잎이 시들어서 죽기 직전이고, 어떤 대파는 옆 대파와는 정반대로 아주 싱싱하다.

"대파들이 상태가 다 다르죠?"

"네, 작가님."

송이는 다시 대파를 살펴본다.

"사람들도 다 마찬가지랍니다. 같은 지구에 살지만 어떤 사람은 시든 대파처럼 시들어버린 삶을 살고, 어떤 사람은 싱싱한 대파처럼 활기찬 삶, 행복한 삶을 살아가죠."

백 작가가 대파 하나를 뽑아 들었다. 그중에 싱싱한 대파였다.

"지금 내가 뽑은 대파가 어떤 대파인가요?"

"싱싱한 대파예요."

송이는 무슨 말을 하려고 그런 걸 물어보는지 궁금하다.

"맞아요, 싱싱한 대파예요. 누구도 시들어가는 대파를 뽑지는 않아요. 대파의 입장에서 보면 선택받지 못해서 불행이지만 사람의 입장에서는 좋은 대파를 뽑는 건 행운이 되겠죠. 하지만 다른 면으로 생각하면 어쩌면 선택받지 못한 대파가 살아남았다고 볼 수도 있죠. 사람 사는 것도 그렇지 않을까요? 지금이 시든 것처럼 힘겨운 상태여도 그것이 불행이라고 단정할 수는 없고, 지금이 하늘을 날 듯이 즐거운 시기여도 그것이 진정한 행복이라고 말할 수 없죠."

백 작가가 송이의 손을 마주 잡았다. 그 순간 수억 개의 빛나는 별들의 온도가 송이의 손으로 전해져 왔다. 신비롭고 향기로운 이 온도. 전율이란 이런 것일지도 모른다고 송이는 생각한다. 오후의 황금빛 햇살이 두 사람의 손 위로 떨어져 내렸다. 분명히 초겨울인데 한없이 따뜻한 햇살이다.

"이 대파는 송이 씨가 라면에 넣어볼래요?"

대파를 건네받은 송이는 이상한 기운이 자신의 내부에서 움터 나는 걸 감지했다. 마치 차갑게 얼어붙은 겨울의 대지 위를 뚫고 새싹이 움터나듯이. 이건 전 생애 비록 이십 년도 채 안 되지만 자신의 생애를 통틀어서 한 번도 겪어보지 못한 기운이었다. 뭔가 하고 싶다는 의욕이 샘솟는 중이다.

백 작가의 아름다운 검은 눈동자가 송이에게 그런 힘을 나누어 주는 듯했다. 왠지 작가님의 눈을 마주 보면 희망이라는 블랙홀로 빨려 들어가는 것 같았기 때문이다.

"네, 제가 해볼게요."

송이는 대파를 가위로 싹둑싹둑 잘라서 라면에 넣었다. 라면이 한층 먹음직스러워졌다. 의자가 두 개 놓인 유리 식탁 위에 라면을 놓아주면서 백 작가가 송이의 어깨를 어루만져 주었다. 의자 색은 진한 초록색인데 유럽 어느 성에서 가져온 것 같은 비주얼이다. 뭔가 가녀리면서도 힘이 있어 보이는 의자. 송이는 가만히 의자에 앉는다.

"자, 맛있게 먹어요. 난 이층에 가서 송이 씨를 위해 비밀처방전을 만들어 올 테니까요."

그러고 보니 이 집에는 나무계단이 있다. 조금 가파른 것 같은 계단이다. 그렇다고 위험해 보이지는 않는다. 그러고 보니 이 집에 들어올 때 은은한 소나무 향이 났던 것 같다. 송이는 숨을 크게 한 번 들이마셨다. 마치 솔숲에 와 있는 것처럼 소나무 향기가 폐 속으로 들어온다. 이 집 공기만 마셔도 병이 치유될 것 같다. 젓가락을 들고 라면을 한 가닥 들어 올린다. 자주 먹던 음식인데 이 집에서는 뭔가 특별한 것 같다. 아마도 작가님이 끓여주셨기 때문이리라.

입안에서 라면이 부드럽게 움직인다. 살아있는 면발처럼 생기가 있다. 국물을 한 수저 떠먹어본다. 뜨거운데 시원한 맛이 이런 맛이 아닐까 싶다. 라면을 먹는데 왜 눈물이 나려고 하는 걸까? 이 라면은 뭔가 이상해, 라고 송이는 생각한다.

분명히 그냥 라면인데 먹으면 자꾸 울컥해지면서 자신의 삶을 되돌아보게 된다. 하루하루 젖은 나뭇잎처럼 살아온 생기 잃은 자신의 일상이 떠오른다. 그러면서 왜 그렇게 살아왔는지 자문하게 된다. 라면은 맛있으면서도 사색하게 만들어주었다. 라면 한 그릇을 다 비울 때쯤 송이는 우울한 마음을 조금은 떨쳐내고 있었다.

"맛있게 잘 먹었습니다, 작가님."

마침 이층에서 서류봉투 하나를 품에 안고 내려온 백 작가를 보고 송이가 인사를 했다.

"지금까지 수없이 많은 라면을 먹었지만 오늘 작가님이 끓여주신 라면 같은 맛은 처음이에요. 분명히 라면일 뿐인데 라면이 제게 생각의 힘을 주는 것 같았어요."

"송이 씨를 위해 라면에 사색의 가루를 뿌렸거든요. 그건 어떤 물질적인 것이 아니라 제 정신력에서 나온 것이랍니다. 다행이네요. 그 가루가 송이 씨에게 제대로 역할을 해주었으니까요."

그러면서 백 작가가 이층에서 가지고 내려온 하얀색 서류봉투를 송이에게 건네주었다.

"송이 씨만을 위한 비밀처방전이에요. 이 글은 제가 14년 동안 써온 16권의 책 중에서 고른 글입니다. 이 글을 평생 간직하세요. 그리고 힘들고 지칠 때 읽어주세요."

송이는 서류봉투를 떨리는 손길로 받아 들었다. 옛날 조선 시대 때 임금님으로부터 하사품을 받는 신하보다 더 공손한 손이다. 송이 생각에 이 봉투는 임금님이 주시는 하사품보다 더 귀하다. 이 글이 내게 평생 힘이 되어줄 거야, 라는 생각이 나도 몰래 든다. 그래서 더 가슴이 벅차다.

"감사합니다, 작가님. 소중히 간직할게요."

백 작가가 가늘게 떨리는 송이의 어깨를 부드럽게 쓰다듬어 주었다.

"누구에게나 고민과 걱정은 있어요. 다만 그것을 어떻게 해결해 나가느냐가 개인의 삶의 질을 결정해요. 미래에 대한 걱정이나 과거에 대한 원망은 이제 버리고 지금의 자신이 얼마나 행복할 것인지를 결정해요. 이 글이 송이 씨에게 도움이 되길 바랄게요."

백 작가는 집을 나서는 송이를 안아주었다. 그 품은 정말 경험해보지 못한 품이었다. 어느새 송이는 눈물을 펑펑 흘리고 있었다. 왜 그런지 눈물이 나는 것이었다. 엄마 품처럼 포근해서다. 아니 엄마보다 더 아늑하고 따스한 품이다.

송이가 시야에서 멀어질 때까지 백 작가는 친정에 다니러 온 딸을 배웅하듯 하염없이 바라보고 있었다. 송이는 자꾸만 뒤돌아서서 손을 흔들었다. 백 작가도 손을 흔들어주었다. 그 인사는 참 오래 계속되었다. 영화의 한 장면처럼 슬로우 모션으로 기억되는 순간이다.

송이는 그날 그 장면을 잊을 수가 없다. 어쩌면 그렇게 오랫동안 배웅할 수 있을까? 나란 존재가 뭐라고. 너무 고마워서 그 기억이 지워지질 않는다. 집으로 돌아온 송이는 백 작가가 준 서류봉투에서 종이를 꺼냈다. 거기에는 이렇게 적혀있었다.

사랑하는 송이 씨에게 이 글을 선물합니다.

긍정적인 생각을 선택하라

그대는 지금까지 일어난 모든 일들에 대해 자책하거나 후회하거나 탄식하는 일을 즉시 멈추어야 한다. 그러한 어리석은 행동들이 바로 부정적인 생각들의 몸을 통통하게 살찌우고 윤택하게 만들어준다는 사실을 기억하라. 부정적이고 절망적인 생각들은 긍정적인 생각들을 잡아먹고 점점 더 커지게 된다. 그래서 우리들이 한숨을 내쉬면 내쉴수록, 후회를 하면 할수록 긍정적인 생각들은 점점 더 자취를 감추게 되고, 거대하게 괴물처럼 자라난 부정적인 생각들이 내면에 가득 들어차게 된다. 얼마나 끔찍한 일인가.

그대는 이제 긍정적인 생각들을 각별히 보호하고 지켜내야 한다. 그러기 위해서는 자신이 지금까지 습관적으로 해오던 행동들에 대해 다시금 되돌아보고 인생을 비참한 구렁텅이로 몰아가던 치명적인 오류를 바로잡아야 할 것이다.

그렇지만 이 일은 몇 번의 어설픈 연습으로 이루어낼 수 있는 쉬운 일은 아니다. 몇 년에서 수십 년이 걸릴 수도 있는 힘겨운 일이 될 수도 있다. 그만큼 긍정적인 생각을 자신의 의지대로 선택한다는 것은 어렵고 부단한 끈기와 의지가 필요한 일이기도 하다.

맑게 갠 하늘을 바라보면서 긍정적인 생각을 하는 일은 어렵지 않다. 하지만 먹구름이 잔뜩 낀 시커먼 하늘을 바라보면서 웃을 수 있는 사람은 드물다. 긍정적인 생각을 하는 것은 부단한 자기 노력이 수반되어야 한다. 어렵고 힘들어도 웃으면서 살고자 하여라. 괴롭고 슬퍼도 이 위기를 헤쳐 나갈 힘이 자신의 내면에 있다는 것을 믿어라. 자신을 믿어주고 스스로에게 용기를 줄 수 있는 것이 긍정적인 사람의 특징이다. 그는 무엇을 하든지, 어떤 곳에 가든지 자신만의 개성으로 주위를 밝히는 사람일 것이다. 그의 개성은 바로 세상을 아름답게 바라보는 눈, 긍정이다.

긍정적인 생각을 하며 산다는 건 스스로를 지키는 가장 강한 보호막을 지닌 것과 같다. 주위에서 아무리 불행한 일들이 펼쳐진다고 해도 긍정적으로 그 상황을 바라볼 수 있는 사람에게 불행은 오히려 행운이 될 것이기 때문이다. 햇살이 없는 날에도 마음 깊은 곳에서 빛나는 태양이 있는 사람이 되고 싶지 않은가. 마음속에서 항상 긍정의 태양이 떠 있는 사람은 모든 것을 너그럽게 이해해줄 수 있는 아량이 있는 사람이다. 그런 그대가 되어라. 가슴 깊은 곳을 들여다보라. 내 마음속에 긍정의 태양이 떠 있는지 살펴보고 없다면 지금부터라도 긍정적인 생각을 하기 위해 노력해야 할 것이다.

모든 일들을 판단하기 이전에 긍정적인 면을 먼저 바라보고 판단하라. 그렇게 하면 부정적인 생각들이 몰고 올 자기 비하나 타인에 대한 턱없는 원망, 세상에 대한 편견과 오해가 자취 없이 사라질 것이다.

사람들을 대할 때 우선 그의 긍정적인 면을 인정하고 대하라. 그렇게 하면 대인관계가 골치 아프고 어려운 것이 아니라 서로의 마음을 주고받는 행복한 소통이 될 수 있을 것이다. 자기 자신에 대해서도 마찬가지다. 자신을 부정적으로 바라보는 사람은 결코 행복해지거나 성공할 수 없다. 왜냐하면 인간의 힘이란 것은 모두 자신에 대한 자부심과 긍정적인 가치관에 의해서 나올 수밖에 없기 때문이다.

스스로를 인정하라. 나는 충분히 가치 있는 사람이야, 나는 충분히 이 사회에서 인정받고 성공할 수 있는 능력을 지닌 사람이야, 나는 충분히 타인으로부터 사랑받을 수 있을 만큼 배려 깊고 인정 많고 착한 사람이야. 이렇게 자신을 치켜세우고 용기를 주어라. 그렇게 하면 그런 사람이 되는 것은 당연한 일이다. 긍정적으로 생각하면 그만큼 더 긍정적인 사람이 된다는 것을 기억하라. 긍정적인 사람은 긍정적인 인생을 만든다.

글을 다 읽은 송이의 얼굴에서 희망의 미소가 피어올랐다.

"작가님을 만나고 오길 정말 잘했어. 이 글 하나면 난 평생 긍정적이고 희망적으로 열심히 살 수 있을 것 같아."

송이는 그날 이후로 자신의 처지를 비관하는 대신 부모님의 무관심에 대해 생각하던 관점을 바꾸기로 했다. 어떤 부모님은 자식에게 과도한 잔소리와 기대를 해서 힘들게 한다는데 우리 부모님은 그 반대니 난 얼마나 자유로운 삶을 살고 있는가. 그렇게 생각하니 부모님에 대한 원망이 사라졌다. 밉기만 하던 친구들에 대한 생각도 달라짐을 느꼈다. 요즘은 자신이 먼저 친구에게 다가가서 말을 건다. 미소로 인사하고 다정하게 다가가니 친구들도 요즘은 송이를 좋아한다. 학교생활이 점점 즐거워지는 중이다.

송이는 그냥 있는 그대로 이 삶이 감사하다고 생각하기로 했다. 하루하루 조금씩 긍정적으로 변해가는 자신을 바라보면서 스스로가 참 대견하다고 생각이 들었다. 그런 송이를 바라보는 가족들도 송이에 대해 관심을 가지기 시작했다.

"우리 송이가 요즘 많이 웃고, 학교생활도 즐겁게 하는 걸 보니 엄마가 기분이 좋구나."

"야, 송이야. 무슨 좋은 일 있냐? 요즘 너 엄청 행복해 보인다." 오빠가 요즘 따라 활기가 넘치는 송이이게 물었다.

"으응. 물론이지. 난 긍정적인 사람이 되었거든."

그러면서 송이가 밝게 웃어 보였다. 그걸 본 엄마, 아빠 그리고 오빠도 덩달아 웃는다. 웃음은 전염이 되는 건지 온 식구가 웃게 된 것이다.

'작가님은 잘 지내실까?'

가끔 송이는 백 작가 생각을 하면서 별을 바라본다. 밤하늘에 반짝이는 별빛 같은 미소를 지니신 작가님이 보고 싶다.

"작가님, 잘 지내세요? 저 송이예요. 전 잘 지내요. 요즘은 작가님이 끓여주신 라면이 그리워요. 그런데 그곳은 일생에 단 한 번만 갈 수 있다고 해서 갈 수도 없고, 저처럼 아픈 누군가를 위해 작가님은 또 맛있는 요리를 해주시고 좋은 글을 써주시겠죠. 멀리서나마 작가님 생각하면서 힘낼게요. 사랑합니다, 작가님."

하얀 첫눈이 흩날리는 밤하늘을 바라보면서 송이는 난생처음 사랑 고백을 해본다.

"쿵, 쿵, 쿵!"

그놈 발소리다. 고시원의 작은 방 한 칸은 이제 철수에게 제2의 고향이 되어간다. 너덜거리고 누렇게 변해버린 벽지조차도 정이 들었다. 좁은 방, 좁은 복도, 온갖 소리들. 다 적응되어 가는데 위층에 사는 그놈의 발소리는 영 적응이 안 된다.

'왜 저렇게 걸어야만 할까? 미친 걸까?'

어젯밤에 물류센터에서 늦게까지 일하고 퇴근해서 이제 좀 자려고 하는데 마치 큰 곰 한 마리가 걸어 다니는 것 같은 발자국 소리에 잠이 오질 않는다.

"언제까지 이럴 거야? 그렇다고 올라가서 싸우기도 그렇고."

마음 약한 철수는 그렇게 혼잣말을 하고 눈을 감아본다. 제발 잠이 좀 오기를. 그러나 몸은 피곤한데 잠은 잘 오질 않는다. 나름대로 열심히 살아가고 있는데 생활 형편은 점점 더 어려워진다.

전주에서 서울로 올라와서 혼자서 대학도 졸업했다. 하지만 졸업한 후가 더 문제다. 마땅한 일자리를 찾지 못한 상태다. 누가 도와주는 사람도 없이 하는 서울살이는 마치 사막 한가운데에서 바닷물을 찾는 격이다. 거의 죽기 직전이지만 겨우겨우 살아가는 중이다.

어떨 땐 그냥 조용히 죽을까, 하는 생각을 했다. 솔직히 여러 번이다. 요즘은 일자리를 알아보는 일도 지쳐간다. 물류센터에서 일하는 건 아르바이트다. 그가 전공한 일과 연관된 직장을 알아보고 있지만 매번 채용이 되질 않고 있다. 그 이유를 알 수는 없다. 대학 졸업 후 수년 동안 아르바이트를 하면서 연명하고 있다.

이건 연명하는 삶이다. 겨우겨우 목숨을 부지해간다. 아빠는 엄마와 이혼 후 철수를 들들 볶는 중이다. 일주일에 서너 번은 전화를 걸어서는 돈을 요구한다.

"철수야, 나 이번에 일하다 허리를 다쳐서 병원에 가야 하는데 병원비 30만 원만 보내주라."

이런 식으로 매번 갖가지 사연을 만들어서 돈을 요구한다. 힘들게 아르바이트해서 번 돈의 30프로 정도를 아빠가 빼앗아가고 있는 중이다. 이제 철수도 스물아홉 살이다. 군 제대 후 혼자서 고시원을 얻어서 이렇게 생활하는 중인데 아버지란 사람은 그런 아들의 등에 빨대를 꽂고 있는 것이다.

"아빠, 나도 힘들어. 이제 연락하지 마. 나 아빠 차단할 거야."

이렇게 말하고 싶은 적이 한두 번이 아니다. 그렇지만 철수는 마음이 여린 청년이다. 거짓말인 거 다 알면서도 아빠가 요구하는 돈을 주고 만다. 엄마는 이혼 후 어딘가로 가서 연락이 안 된다. 형이나 동생도 없다. 혼자서 아빠의 요구를 다 들어주고 감당해야 하니 스트레스가 엄청나다.

"쿵, 쿵, 쿵!"

다시 또 시작이다. 겨우 잠이 들었는데 위층에서 달리기를 하는지 소리가 멈추질 않는다. 도대체 뭐 하는 놈일까? 철수는 화가 난다. 층간소음을 모르나? 왜 저럴까? 저 녀석을 패주고 싶다란 생각까지 이르렀을 때 낮에 편의점에서 만난 송이가 했던 말이 떠올랐다. 송이는 동네에서 알게 된 귀엽고 예쁘장한 소녀다. 약간 우울해 보이던 아이가 요즘은 많이 밝아졌다.

"철수 오빠, 요새도 힘들어?"

"으응. 그렇지, 뭐."

"오빠도 청운면에 가야겠다."

"청운면? 거기가 어딘데?"

"거기 가면 꿈꾸는 분식집이 있어. 백 작가님이 하시는 곳인데 그곳에 다녀왔더니 내 삶이 달라졌어. 오빠도 꼭 한 번 가봐."

그러면서 송이는 그곳에 가는 방법과 그곳에 가서 어떻게 주문

해야 하는지를 자세히 알려주었다. 좀 말도 안 되는 소리라고 헛웃음을 짓고 흘려들었는데 지금 누워서 곰곰이 생각해보니 꼭 그렇지만도 않은 것 같다.

"나도 그곳에 한 번 가볼까? 꿈꾸는 분식집이라……."

이렇게 계속 생활하다가는 자신이 무슨 짓을 저지를지 모를 것 같아서 두렵다. 철수는 자신이 두려워지고 있다. 어느 날 갑자기 자살을 할지도 모르고, 어느 날 갑자기 위층으로 뛰어 올라가서 그놈의 멱살을 잡을지도 모른다. 이 불공평한 인생에 대해 어떤 분노를 표출해낼지 모른다. 그래서 자신이 두려운 것이다. 이런 시점에 송이가 말해준 그곳은 반드시 가야만 할 곳이라는 느낌이 온다.

"가야겠다. 내일 당장."

그때였다. 휴대폰이 울린다.

"여보세요?"

"나다, 철수야. 이번 달 월세를 못 내게 되었어. 니가 좀 내주라."

아빠다. 이번엔 월세를 내주라고 하는 아빠. 그만 전화를 끊어버린다. 그러자 카톡이 쉴 새 없이 온다. 스팸 문자보다 더하다.

'제발 그만 좀 날 괴롭혀.'

철수는 휴대폰을 이불 속으로 집어 던져버렸다. 통장에 잔고가 50만 원밖에 안 되는데 월세를 내달라니. 아빠란 사람이 제정신인가? 미쳐버리겠다. 내일 당장 그곳에 가야겠다.

'더 이상은 견딜 수 없어.'

벽에 걸린 옷 중에 가장 깔끔한 옷을 골라서 입는다. 머리도 감고 단정하게 단장을 한다. 왠지 모르게 깨끗한 모습으로 가고 싶어서다. 아빠는 밤새도록 지치지도 않고 전화와 카톡을 해대고 있다. 잠도 자지 않나 보다. 수많은 부재중 전화와 읽지 않은 카톡이 철수의 골치를 아프게 하고 있다. 그래서 더 가야만 한다.

청운면에 있는 꿈꾸는 분식집은 철수가 기댈 수 있는 마지막 희망이다. 아니 그곳의 주인인 백 작가가 그의 희망이다.

'그분이 뭔가를 내게 줄 거야. 지금 이 암담한 상황을 헤쳐갈 지혜를 줄 거야.'

누군지 모르지만 꼭 그럴 것만 같다는 예감이 든다.

"아빠, 나 지금 어디 좀 가. 오늘은 그만 연락해. 내가 그곳에 다녀와서 연락할게."

철수가 밤새도록 전화를 한 아빠에게 먼저 전화를 걸어서 그렇게 말한다.

"어디 가는데?"

"내가 나답게 살 수 있도록 해주는 곳."

"뭔 소리야? 오늘 일 안 가? 돈을 벌어야지."

"아빠는 아들이 얼마나 힘든지 알아? 모르지? 오직 돈, 돈, 돈뿐이야? 끊어."

화가 머리끝까지 치밀어오른다. 어지간해서는 화를 낼 줄 모르는 철수인데 아빠의 그 말은 분노를 유발하고 말았다. 갑자기 천식 증상이 나타난다. 숨을 쉬기가 힘들어진다. 겨우겨우 약을 먹고 진정한다.

송이가 가르쳐 준 그곳, 그곳으로 가자. 마지막 남은 힘을 끌어모아서 옷을 마저 입는다. 거울 속 자신의 모습을 보니 해골이 서 있는 것 같다. 한없이 마르고 헐벗어 보이는 모습.

"내가 언제 이렇게 변했지? 그래도 어릴 적에는 아무것도 모르고 행복하기도 했었는데."

신세 한탄은 여기까지다. 철수는 거울 속 자신에게 약속한다. 이제 새로운 철수로 거듭나기 위한 여행을 떠난다고.

송이의 말대로 청운면은 아주 조그만 면이다. 대도시의 화려한 면만 보다가 이곳에 오니 오지에 온 것 같기도 하다. 그렇지만 이곳도 예전에는 우시장이 크게 서고, 사람들의 왕래가 많았다고 한다. 한때는 그렇게 번성했던 곳이건만 지금은 매우 한산하다. 터미널에서 내렸는데 승객과 거리에 걸어 다니는 사람을 다 합쳐도 열 명이 안 되었다. 그런데 철수는 오히려 이 점이 좋다. 늘 북적이는 도시보다 이런 곳이 더 마음이 편안해진다.

슈퍼에서 두유 한 박스를 샀다. 작가님께 드릴 것이다. 두유 한 박스를 들고 송이가 말해준 약국 앞을 지나서 다리를 건넌다. 송이의 말에 따르면 다리 입구 집에 빨간 장미가 피어있을 것이라고 했는데 조금 시들긴 했지만 장미꽃이 피어있었다.

"총각!"

그때였다. 낯선 할머니의 음성이 들렸다. 철수는 얼른 뒤를 돌아보았다. 80 후반은 되어 보이는 할머니가 무거운 짐을 들고 철수를 불렀다.

"총각, 미안하지만 이 짐 좀 들어줄래요?"

할머니는 매우 미안한 표정과 목소리로 말했다.

"네, 그럴게요. 이리 주세요."

"고마워요. 김치 담그려고 배추랑 무 좀 샀는데 너무 무거워서."

"괜찮습니다. 제가 들어다 드릴게요."

"저기 마을 입구 집이 우리 집인데 거기까지만 들어다 줘요. 미안해서 어떻게 하나?"

할머니는 연신 허리를 굽히면서 인사를 한다. 철수는 괜찮은 표정을 지어 보였다. 사실은 두유 한 박스에 할머니의 짐까지 들으려고 하니 조금 무겁긴 했다. 하지만 할머니를 도와드리고 싶은 마음에 그 짐의 무게는 어느덧 느껴지지 않았다.

"할머니, 이 동네는 무척 예쁘네요."

"그렇지? 우리 동네가 참 예뻐. 저기 강변도 아름답고. 내가 여기서 팔십 평생을 살고 있는데 우리 동네만큼 이쁜 마을을 보질 못했어."

할머니의 말은 틀린 말이 아니었다. 다리를 지나면 마을로 가는 두 갈래 길이 있는데 한 곳은 강변을 따라가는 길이다. 벚나무가 쭉 서 있는 강변길은 무척 아름다웠다. 어느새 할머니 집에 다다랐다.

"고맙네, 총각. 내가 뭐라도 좀 주어야 하는데."

"아니에요, 괜찮습니다. 할머니, 저… 이 두유 좀 드실래요?"

철수는 두유 한 개를 뜯으려고 했다. 그러자 할머니가 말린다.

"아니야, 뜯지 마. 선물 주려고 사가는 것 같은데. 내가 오히려 뭔가를 주고 싶은데 줄 게 없구만."

"네, 괜찮습니다. 전 할머니 도와드린 게 즐거운 경험이었어요. 제게 즐거움을 주셨잖아요."

그렇게 할머니의 집을 나와서 다시 길을 걸어가는데 가슴이 따스해지는 것이다. 누군가를 조건 없이 도왔을 뿐인데도 그 잠시의 시간 동안은 괴로움이 사라졌었다. 철수는 문득 한 가지를 깨달았다.

'나의 처지에만 집착하다 보면 불행해지기 쉽구나.'

'어쩌면 이 마을은 치유의 마을이 아닐까? 벌써부터 깨달음을 주네.'

철수가 이런 시골길을 혼자서 걷는 건 처음이다. 전주의 고향 집은 도심지에 있어서 아스팔트길 위에서 학창 시절을 보냈기 때문이다. 서울에서는 더욱더 그러했다. 그런데 오늘 청운면에 와서 잔잔한 시골 풍경 속을 거닐고 있으니 속세를 벗어난 것같이 평안하다. 백 작가님을 볼 수 있다는 생각에 가슴이 조금씩 두근거리기 시작한다.

"어떤 분일까? 궁금하다."

저기 황토색 이층집이 보인다. 동화 속에 나오는 집처럼 낯이 익고 정이 간다. 사방이 산으로 둘러싸인 곳에 아늑하게 자리 잡은 이층집을 처음 본 순간 철수는 말하고 말았다.

"집이 귀엽네."

이렇게 말하면서 두유 박스를 들고 집으로 향해 가는데 집에서 하얀 원피스를 입은 여인이 나온다. 그분이다. 갑자기 철수의 가슴이 설레기 시작한다. 마치 첫사랑을 만나는 아이처럼 떨린다.

"작가님!"

철수가 반갑게 백 작가를 부른다. 백 작가가 환하게 웃으면서 철수를 맞이한다.

"어서 와요, 철수 씨."

"아니, 제 이름을 어떻게 아세요?"

"저에게 언제부턴가 집에 찾아오는 사람이 꿈에 보이는 예지몽의 능력이 생겼어요. 아마 그건 제가 이 분식집을 열고부터인 것 같네요."

"네에, 그러시군요. 반갑습니다. 작가님, 이거 작가님 드시라고 사왔어요."

"이런 거 안 사오셔도 되는데. 잘 먹을게요."

백 작가가 두유를 받고 집 안으로 철수를 안내한다. 실내는 컴퓨터와 텔레비전, 냉장고 등의 가전제품과 가스렌지도 있었다. 밖에서 볼 때처럼 실내도 귀엽다는 생각이 들었다.

"전 제육볶음을 좋아하는데 최근에는 먹질 못했습니다. 작가님, 제육볶음하고 비밀처방전을 주시면 안 될까요?"

"당연히 드려야죠. 신선한 돼지고기를 그렇지 않아도 준비해 놓았어요. 잠시만 기다리세요."

백 작가가 이 집처럼 아담한 냉장고의 문을 열고 재료들을 꺼낸다. 작지만 이 집과 매우 어울리는 냉장고다. 냉장고의 앞면에는 커다란 해바라기 스티커가 붙어있다. 그러고 보니 이 집에는 싱크대에도 나비와 꽃 스티커가 붙어있다. 마치 꽃동산에 와 있는 것 같다.

백 작가가 후라이팬에 돼지고기와 양파, 그리고 당근, 마늘, 대파 등을 썰어서 넣는다. 고추장 한 숟가락과 간장 반 숟가락, 그리고 물엿과 설탕을 조금 넣고 조미료를 넣는다. 하얀 통에는 조미료와 소금과 맛소금 등이 골고루 담겨져 있다. 철수는 안심이 된다. 철수 입맛에는 조미료가 들어간 요리가 맞기 때문이다.

"철수 씨, 조미료 넣어도 되죠?"

"네, 작가님. 전 조미료가 들어가야 맛있더라구요. 꼭 넣어주세요."

백 작가가 이제 재료들을 조물조물 주무르기 시작한다. 철수의 배에서 꼬르륵 소리가 난다. 어젯밤부터 굶었기 때문이다. 이곳에 올 생각으로 배고픈지도 몰라서 밥을 먹지 않은 탓이다. 골고루 양념이 밴 제육볶음이 먹음직스럽다. 이제 가스렌지에 올려서 볶기만 하면 될 것 같다.

그런데 백 작가가 잠시 눈을 감고 두 손을 모은다. 철수가 보기에 기도하는 것처럼 보였다. 그리고 잠시 후 제육볶음 위에 무언가를 넣는 것처럼 손가락을 턴다. 분명히 손에는 아무것도 없다. 그 순간 철수는 눈을 의심했다. 그 손가락들에서 별빛처럼 찬란한 빛가루들이 쏟아져 내렸기 때문이다.

'뭐지? 신기하다. 작가님은 요술쟁이인가?'

철수는 궁금했지만 참기로 한다. 매우 신성한 어떤 행위 같았기 때문이다. 아무 말 없이 백 작가가 요리하는 모습을 바라본다. 마치 천상의 주방에서 요리하는 천사처럼 아름다운 백 작가는 범접힐 수 없는 아우라를 지녔다.

"철수 씨, 마을 입구를 걸어오시다가 할머니 한 분 만나지 않으셨나요?"

"네, 아니 그걸 어떻게 아셨어요?"

"그 할머니가 사실은 저예요."

백 작가가 살며시 웃으면서 말한다. 철수는 놀라지 않을 수 없었다.

"네? 그분은 분명히 팔십 넘은 할머니셨는데요. 그리고 집도 다른 집에 사시고."

"믿기지 않으시겠지요. 그 할머니가 사실은 제 영혼의 일부랍니다."

"정말 믿을 수 없어요. 제가 지금 꿈을 꾸고 있는 건가요?"

"아니에요. 철수 씨는 현실에 존재하고 있어요. 그 할머니의 짐을 들어주셨죠?"

"네, 할머니가 너무 가여워서요. 제가 든 두유 박스도 있지만 기꺼이 짐을 들어드렸죠."

철수는 아까의 일을 상기시켜 본다. 할머니의 무거운 짐을 옮겨드리고 나서 작은 깨달음을 얻었던 것이 떠오른다.

"철수 씨는 짐을 들어드리고 깨달음을 얻으셨잖아요?"

"작가님, 그건 또 어떻게 아셨어요?"

놀라움의 연속이어서 철수는 말을 제대로 잇지 못한다. 내 마음을 관통해서 다 읽고 있는 백 작가란 사람은 도대체 어떤 사람인가? 믿기지 않는 사람이 내 눈앞에 있다. 너무나 아름다운 모습으로.

"전 사실 너무 힘겨운 삶을 살고 있습니다. 엄마와 아빠는 이혼을 하시고, 엄마는 연락 두절되고, 아빠는 제가 번 돈을 빼앗아가고, 작은 고시원 생활은 숨이 막히고, 층간소음으로 미칠 것 같고, 무엇보다도 취업하는 것도 어렵고, 생활고도 심해요. 작가님에게 처음 털어놓은 건데 사실 죽으려고 자살 사이트도 검색한 적이 있습니다."

"네, 그러시군요. 철수 씨가 얼마나 힘들게 살고 있는지 다 알아요."

"그런저런 걱정 근심이 너무 많아서 오늘 작가님 만나러 왔어요. 아까 할머니 짐을 들어드릴 때는 생각해보니 그런 걱정 근심의 고통을 잠시 잊었던 것 같아요. 그래서 스스로 깨달았습니다. 제가 제 자신의 불행에만 집중하면 더 불행해지고, 타인의 어려움을 극복할 수 있도록 도우면 나의 현실에 대한 고통이 느껴지지 않는다는 것을요."

"맞아요, 자신의 불행에만 집착하면 더 불행해질 뿐이랍니다. 난 왜 이렇게 어려운 환경에서 태어나서 이렇게 살아야 하는 걸까? 이렇게 자기 자신의 고통만 하루종일 생각한다면 그 사람이 행복할 일은 절대 없어요. 철수 씨가 할머니의 짐을 들어드릴 때 잠시라도 삶의 고통을 잊은 것은 나보다 타인의 아픔과 고통을 이해하고, 공감하고, 도움을 주려고 할 때 인간은 삶의 고통에서 벗어나게 된답니다. 그것은 진리예요."

그 말을 듣는 순간 철수는 머리 한 대를 얻어맞은 것처럼 새로운 세계관이 열리는 것을 느꼈다.

"역시 작가님은 작가님이세요. 정말 맞는 말씀입니다."

백 작가가 우아한 손놀림으로 고기를 볶기 시작한다. 맛있는 고추장 냄새가 코를 찌른다. 철수는 일어나서 열린 창문 밖 풍경을 바라본다. 한 폭의 수채화 같은 풍경이 펼쳐진 이곳은 신세계 같다.

집 바로 아래에는 묵은 논이 있는데 논에는 갖가지 잡풀들이 서리에 맞아서 노랗게 단풍이 들어있고, 그 아래쪽 밭에는 털고 남은 깻대들이 수북이 쌓여있다. 그리고 그 뒤로는 브라운색 서양식 이층 목조주택과 그 너머로는 하얀색 이층 주택이 정갈하게 서 있다. 사방에는 산이 둘러서 있고, 집 뒤편으로는 작은 시골길이 위로 연결되어 있다.

"집이 동화 속 집처럼 아기자기하고 예뻐요."

철수가 감탄하면서 말한다. 그것은 진심이다. 이 집을 처음 본 순간부터 철수는 이 집에 반하고 말았던 것이다. 그리고 지금은 사실 작가님에게 반하고 있다. 요리하는 모습도 어쩌면 그렇게 고상한지 그냥 지적인 아름다움이 뚝뚝 떨어지고 있는 중이다.

"고마워요. 전 작은 게 좋더라구요. 크고 양 많은 것보다는 작고 소박한 것들이 좋아요. 집도 마찬가지예요. 제 한 몸 누이고 잘 수 있고, 글을 쓸 수 있는 컴퓨터 한 대 정도 있으면 된다고 생각해요."

"정말 욕심이 없으시네요. 어떻게 그렇게 소박하신 말씀을 하시는지 존경스럽습니다."

철수는 늘 크고 으리으리한 대저택을 짓고 살아야겠다고 생각해왔었다. 돈을 벌면 엄청나게 큰 땅을 사서 그 누구보다도 크고 값비싼 집을 지으리라고 다짐해왔던 터였다. 그런데 백 작가님은 자신과 정반대의 말을 하고 있다. 작고 소박한 것, 철수는 그 말을 듣자 지금까지 꿈꿔왔던 것이 잘못된 것이란 걸 깨달았다. 크고 좋고 값비싼 것은 작고 소박한 것이란 말 앞에서 부끄러워지는 단어다.

"작가님, 전 앞으로 작가님처럼 작고 소박한 것을 좋아할 것 같습니다. 크고 값비싼 것들을 지향해오던 제 가치관이 바뀌었어요. 그런 것들을 추구할 힘으로 저보다 가난하고 힘든 사람들을 위해 일하는 게 더 나은 삶 같아요."

"철수 씨는 하나를 가르치면 열을 아는 지혜로운 사람이네요. 정말 멋진 분이세요."

"감사합니다, 작가님! 지금까지 살아오면서 누군가로부터 멋진 사람이란 말 처음 들어요. 왜 이렇게 그 말에 가슴이 뭉클해지는지 모르겠네요."

철수는 가슴이 너무 아려왔다. 뭔가 시큰하고 울렁거리고 눈물이 날 것만 같았다. 지금까지 살아오면서 이런 칭찬을 들어본 적이 한 번도 없었던 까닭이다. 늘 아버지는 철수에게 돈만 요구해 왔고, 부정적인 평가만 하곤 했다. 학교에서도 늘 가난하고 볼품없는 아이, 성적도 부진하고 능력 없는 아이로 낙인찍혔다. 직장에서도 칭찬은 들어본 적이 없다.

근근이 벌레처럼 살아온 인생이었다. 그런데 오늘 처음으로 진심 어린 칭찬의 말을 들으니 감정을 주체할 수가 없는 것이다.

"자, 제육볶음 드세요. 이 요리는 오직 철수 씨를 위해 만들었어요. 맛있게 드시고 기운 내세요. 전 이층에 올라가서 철수 씨를 위한 비밀처방전을 만들어 올게요."

국화꽃 향기가 났다. 백 작가가 움직일 때마다 그 향기가 나고 있는 중이다. 이층으로 올라가는 뒷모습이 마치 자식을 위해 돈을 빌러 가는 부모의 뒷모습처럼 결연해 보였다. 철수는 그런 백 작가를 한참 동안 바라보다 제육볶음에 밥을 맛있게 먹었다.

'이렇게 맛있는 요리는 처음이야. 맛있기도 하지만 고맙기도 하고, 마치 나의 고단한 인생을 위로해주는 음식 같아.'

달달하면서도 간이 제대로 된 제육볶음 속 돼지고기는 철수의 말라버린 행복샘을 채워주는 생수 같았다. 입안에서 돼지고기와 양파가 행복하게 춤을 춘다. 어떤 식당에 가도 절대로 맛볼 수 없는 제육볶음이라고 철수는 생각한다. 양념까지 싹싹 다 긁어서 밥 한 공기를 다 먹었다. 빈 접시를 보니 저절로 미소가 지어진다.

'오기를 잘했어. 작가님이 주시는 이 요리는 치유의 음식이야. 이곳은 나를 위로해주고 있어.'

"다 드셨어요? 입맛에 맞았는지 모르겠네요."

하얀 봉투를 가지고 내려온 백 작가가 철수에게 웃음을 지어 보였다. 그 웃음이 어찌나 티 없이 밝은지 철수도 덩달아 환하게 웃었다.

"정신없이 먹었습니다. 정말 맛있었어요. 감사합니다, 작가님."

"맛있게 드셔주셔서 제가 감사하죠. 이건 철수 씨만을 위한 비밀처방전입니다. 집에 가셔서 혼자 읽어보세요. 그리고 힘들 때마다 읽어보세요. 제 마음이니까요."

보랏빛 국화꽃 향기가 또다시 은은하게 방 안에 풍긴다. 그 향기에 취해 그만 잠이 들고 싶다는 생각이 들 지경이었다. 철수는 정신을 차리고 백 작가가 주는 하얀 봉투를 받아 들었다.

"네, 꼭 읽어볼게요. 평생 간직하면서 힘들 때마다 읽어볼게요. 저같이 보잘것없는 사람에게 이렇게 따뜻한 대우를 해주셔서 감사합니다."

"보잘것없다니요? 철수 씨는 어느 배우보다 잘생기셨고, 영혼이 맑은 분이세요. 자신감을 가지시고 이제 철수 씨만의 꿈을 위해 열심히 달려보세요. 제가 먼 곳에서 늘 응원할게요."

백 작가가 가녀린 손을 철수에게 내밀었다. 그녀의 손을 잡으니 짜릿한 전기가 통하는 듯하면서 온몸이 데워진다. 마치 온천수에 몸을 담근 것처럼 온몸과 영혼이 데워지는 느낌이다. 지금까지 너무 추운 인생이었는데 백 작가의 손을 잡는 순간 따스한 인생으로 변화되는 것만 같다. 철수는 눈물을 훔치며 백 작가의 손을 오랫동안 맞잡았다. 그 손을 놓치면 안 될 것 같았다. 아주 오랫동안 마주 잡고 함께하고 싶은 손이다.

여전히 위층에 그놈은 쿵쿵거리고 있다. 철수는 백 작가와의 만남 후 자신이 달라짐을 느끼고 있다. 예전에는 온 세상이 잿빛으로 보였는데 이제는 조금씩 햇살이 보인다.

그래도 아직은 조금 힘들기는 하다. 아빠는 지금도 변함없이 돈을 요구하고 철수를 괴롭히는 중이다. 철수는 백 작가와 만나기 전에는 아빠가 자신을 괴롭히는 존재라고 생각했다. 하지만 이제는 아빠도 매우 힘든 삶을 살아가는 가여운 사람이라는 연민이 생겼다. 그래서 예전처럼 아빠가 밉지는 않다. 그래도 뭔가 더 위로가 필요하다. 오늘이야말로 백 작가의 위로가 필요한 날이다.

문득 백 작가로부터 받아온 봉투를 열어보고 싶다는 생각이 들었다. 마치 뭐에 홀린 듯 묘한 체험을 한 분식집을 다녀온 후 차마 아끼워서 못 열어본 봉투다. 백 작가의 정성 어린 마음이 담겨져 있는 그 봉투를 마치 보물처럼 간직해오고 있었다.

"그래, 오늘 한 번 열어보자. 날 위해 준비해주신 글을 읽어보자."

소중히 간직해온 봉투를 무려 한 달 만에 열어본다. 너무 소중해서 차마 열지 못한 서류봉투다. 백 작가의 선한 얼굴이 떠오른다. 자신을 희생해서 세상을 밝히는 촛불처럼 타인의 고통을 해소

시켜 주기 위해 아무런 조건 없이 베푸는 백 작가! 그런 작가님이 자신을 위해 선물해준 글을 보려고 하니 숙연한 느낌마저 든다.
'작가님은 삶에 지친 내게 진심 어린 위로를 주셨어.'
철수는 첫 글부터 왈칵 눈물이 났다.

사랑하는 철수 씨에게 이 글을 선물합니다.

이 세상에 살아있다는 사실에 감사하라

이따금 나는 깜짝 놀라곤 하는데 따뜻한 피가 온몸을 유유히 흐르고 있음과 심장의 생생한 움직임을 절절하게 자각하기 때문이다. 유한한 생명을 지닌 인간으로서 이 세상에 살아있음을 자각하는 것만큼 경이로운 순간이 또 있을까? 그 순간은 세상의 모든 기쁨들이 내 안에 투영된 듯 환희 그 이상의 감정을 느끼게 된다.

그러나 그러한 기쁨도 잠시 나는 다시 인간과 사물의 죽음과 끝에 대해 결연한 표정으로 사색한다. 그 누구도 영원히 살 수 없음을 모르는 사람은 없다. 살아있는 모든 생명체들이 어떤 지점에 이르러서는 흔적조차 없이 사라지게 될 것임은 분명히 예정된 운명이다. 우리가 이 지상에서 호흡하고, 생각하고, 꿈을 펼칠 수 있는 시간은 한정되어 있고, 지구의 유장한 역사에 비하면 참으로 티끌과 같은 덧없는 존재일 뿐이다.

이런 생각만으로도 세상에 살아있다는 사실에 감사하지 않을 수 없을 것 같지만 허리가 휘청거릴 정도로 바쁘고 힘든 일상에 휩쓸려 살아가다 보면 감사는커녕 삶 자체에 환멸을 느끼고, 불평등한 이 사회에 대한 분노가 치솟아 오른다. 물론 정말 경건한 자세로 삶에 대해 감사하며, 자신에게 주어진 환경에서 최선을 다하며, 그 자체에서 보람을 느끼며 살아가는 바람직한 인생을 사는 사람들도 있다. 하지만 그보다 더 많은 사람들은 뭔가 억울한 감정에 울컥해질 때가 더 많은 게 사실이다.

까마득한 입사 후배가 자신을 제치고 먼저 승진하고 머리에 쥐가 나도록 공부해서 들어간 대학을 4년간 잠시도 한눈팔지 않고 험한 아르바이트까지 해가며 겨우겨우 졸업했으나 수년이 되어가도 취업을 하지 못하고 가족보다 더 친하게 지낸 이웃에게 사기를 당해 재산을 압류당하고, 온갖 거짓말을 서슴없이 하는 자가 당당히 사회의 지도층 인사가 되어 거들먹거리고 잘 사는 모습을 보게 되면 정말이지 피가 거꾸로 솟는 것 같고, 울화가 치밀어 오르지 않을 수 없다.

그래서 세상에 태어난 것이 너무나 원망스럽고 살아있다는 것 자체가 싫어지기도 한다. 우리 사회에는 이처럼 가슴에 이글거리는 한을 품고 사는 사람이 많다.

특히 서른 전후의 시기에는 더욱 그러한 불평등한 일들이 많이 일어난다. 본격적으로 사회에 뛰어들어 자신의 능력을 꽃피울 시기이기 때문이다. 그러나 삶은 그리 호락호락하지가 않다. 기존에 있던 해묵은 관행과 선배들의 보이지 않는 견제에 치이고, 새파란 후배들에게 쫓기다 보면 늘 피곤하고 지치게 되는 것이 서른 전후를 살아내는 세대의 슬픔일 것이다.

그대도 혹시 분출되지 못하고 부글부글 뜨겁게 끓고 있는 분노의 마그마를 품고서 살아가지는 않은가? 그러한 경우라면 감사하는 마음이 생기지 않는 게 어쩌면 당연한 일이다. 그렇지만 꼭 주위의 모든 환경이 완벽하게 자신을 에워싸야만 만족할 수 있는 것은 아니다. 완벽하게 모든 것을 갖추고 사는 사람은 이 세상에 단 한 명도 없다. 아무리 가진 것이 많아도 더 많은 재산을 소유한 사람을 보면 질투심이 생겨나고, 자신의 처지가 초라하게 보이기 마련이다. 그건 본능에 가까운 자연스러운 감정이다.

나는 매 순간마다 진심으로 살아있음을 감사한다. 그 감사함은 내게 주어진 조건과 환경에 구애받지 않는다. 그러나 처음부터 이렇게 감사하며 생활했던 건 물론 아니다. 혹독한 시련의 시기를 거친 후에야 비로소 숨 쉬고 있다는 자체만으로도 고마운 일이란 걸 깨달았다. 살아있다는 건 우리에게 생명이 머무르고 있다는 결정적 증거이다. 숨 쉬는 걸 자각할 수 있다는 것은 우리들이 살아있다는 확실한 지표이다.

살아있는 이 순간을 즐겁게 보내라. 꽃의 아름다움이 절정에 이르는 건 그 꽃이 시들어버린 후가 아니라 지상에 향기롭게 피어있을 때인 것이다. 인간에게 생명이 머무르는 시간은 그리 길지 않다. 우리는 이 사실을 쉽게 망각하는 실수를 범하지 말아야 한다. 우리의 육체가 우주라는 무한한 공간 속에 온전하게 피어있는 시간은 영겁의 시간에 비하면 순간에 불과하다는 것을 기억하라. 이처럼 소중하고 짧은 인생을 한탄만 하며 덧없이 흘려보낼 것인가? 아니면 나만의 위대한 역사를 이루어낼 것인가?

먼저 지금 이 순간 맑은 공기를 들이마실 수 있는 축복에 감사해보라. 이 글을 읽을 수 있는 시간과 건강한 두 눈에 대해서도 감사해보라. 살아있음이 가슴 벅찬 감동으로 다가올 때 인생에 대하여 더 깊이 이해하고, 보다 많은 것들을 너그럽게 용납할 수 있게 될 것이다.

글을 다 읽은 철수는 가슴이 벅차올라서 한참 동안 멍하니 천장을 응시했다.

'이 세상에 살아있다는 사실에 감사하라. 나는 그동안 살아있다는 사실에 대해 단 한 번만이라도 감사한 적이 있었던가?'

이런 자문에 부끄러워진다. 당연하게도 철수는 자신이 이 세상에 살아있다는 사실에 대해 감사한 적이 단 한 번도 없다. 오히려 이 세상에 태어난 것에 대해 원망한 횟수는 헤아릴 수 없이 많다. 그 사실을 직시하니 쥐구멍에라도 숨고 싶은 심정이다. 어쩌면 작가님은 내게 딱 맞는 글을 주신 걸까?

생전 처음 살아있음에 감사해보자. 그렇게 감사의 마음을 가져 보니 속 썩이는 아빠도, 자신을 버리고 도망간 엄마도 다 용서하게 된다.

위층에서 쿵쿵거리면서 킹콩 발소리를 내던 사람에 대한 생각도 바뀌었다. 그렇게 듣기 싫던 발소리도 관점을 바꾸니 들을 만해졌다. 그는 그대로 자신의 주어진 삶을 충실히 살아내고 있다. 그도 내가 살아있는 이 순간 살아있는 것이다. 이렇게 힘든 세상에 죽지 않고 살아있으니 얼마나 대단한 사람인가? 그 사람도 용서하자.

"작가님, 제가 사람들을 용서하고 있어요. 이렇게 숨 쉬는 이 순간을 감사할 줄 몰랐던 과거의 제 자신을 반성합니다. 살아있음에 감사하고, 작가님이 말씀하신 대로 나만의 위대한 역사를 이루기 위해 노력하는 사람이 되겠습니다."

철수는 종이를 품에 끌어안고 두 눈을 지그시 감았다. 소중하고 소중하다. 이 글은, 평생토록 간직하고 삶에 대해 회의를 느끼거나 누군가를 원망하거나 자포자기하고 싶어질 때 읽을 것이다. 그렇게 백 작가님을 만날 것이다.

그리운 백 작가님을 생각하니 밤하늘에 뜬 별이 작가님의 얼굴처럼 보인다. 고시원의 작은 쪽창을 통해 빛나는 저 별은 백 작가님의 미소가 아닐까? 희망과 용기를 잃지 말라고, 다시 힘내서 살아가 보라고, 언제나 날 위해 기도해줄 것이라고 말하고 있는 것 같았다.

얼굴을 찌푸리고 다리를 절뚝이는 은영이 약국에 들어온다. 금방이라도 쓰러질 것처럼 위태로운 발걸음에 약사가 걱정스러운 눈빛을 보인다.

"약사님, 제일 효과가 좋은 파스로 주세요."

"이 파스가 제일 좋습니다. 이걸로 드릴게요."

시내에 나가서 파스를 샀다. 진통소염제와 항생제도 샀다. 벌써 몇 번째 사는 약인지 모른다. 그 횟수가 너무나 많기 때문이다. 은영은 약봉지를 들고 겨우 걸어서 집에 왔다. 어젯밤 남편은 술에 잔뜩 취해 집에 들어왔다.

"또 술 마셨어?"

은영이 말을 다 마치기도 전에 뭔가가 휙 날아왔다. 약간 무겁고 둔탁한 그것! 너무 갑작스러운 공격이었다.

"그래, 어쩔래? 마셨다."

비아냥거리듯 말하면서 남편이 집어 던진 것은 휴대폰이었다. 그것이 은영의 무릎에 정통으로 날아왔다. 돌덩어리가 날아온 줄 알았다. 미처 피할 새도 없었다. 은영은 비명소리를 내면서 주저앉았다. 그것이 휴대폰이라는 사실에 은영은 경악할 수밖에 없었다. 만일 머리에라도 맞았다면? 그 생각을 하니 아찔했다.

"왜 내게 휴대폰을 던지는 거야?"

남편은 그런 은영을 맹수가 먹이를 잡아먹기 위해 노려보는 듯한 눈빛으로 노려보더니 잽싸게 그녀의 머리채를 잡아 흔든다. 힘이 약한 은영은 남편이 흔드는 대로 흔들릴 수밖에 없었다.

"어디서 대들어!"

얼마나 세게 흔들어대던지 머리카락이 다 빠질 것만 같았다. 엄청난 통증이 무릎과 머리에 고스란히 전해진다. 술만 마시면 시작되는 폭행과 폭언! 결혼생활 10년 동안 지속된 가정폭력이다.

은영은 힘이 없다. 원래도 약한 체질인데 남편과의 결혼생활 동안 더 약해지고 있다. 남편에게 맞서서 싸울 힘이 부족하다. 정말 시원하게 멱살을 잡고 패주고 싶지만 그럴 힘이 없기 때문에 매번 맞을 수밖에 없다.

"엄마!"

그때였다. 소란스러운 소리에 작은방에서 자고 있던 다섯 살 아들이 울면서 엄마를 부른다. 이런 모습 정말 보여주기 싫은데 또 보여주어서 미안하다. 아들에게 은영은 죄를 짓고 있는 것만 같다. 그래서 오늘 드디어 은영은 결심을 한다. 약봉지에서 파스를 꺼내서 혼자 무릎에 붙이면서 혼잣말을 해본다.

"그래, 이제 이혼하자! 더 이상은 못 살겠어! 내가 왜 맞고 살아야 하는데? 술 먹고, 게임장에 가서 도박도 하고, 몰래 바람도 피우고, 때리고, 정말 이대로 같이 사는 건 나에게도, 아이에게도 못할 짓이야."

무릎에 든 멍이 시퍼렇다 못해 시커멓다. 얼마나 아픈지 항생제와 소염진통제를 먹지 않으면 견딜 수 없을 지경이다. 머리카락도 엄청 빠졌다. 누가 보면 탈모인 줄 알 정도로 심각한 상태다. 두피도 아프고 쓰라리다.

은영은 며칠 후에 물류센터로 아르바이트를 하러 나갔다. 남편에게 이혼을 하자고 했더니 남편은 의외로 순순히 이혼에 응해주었다. 그래서 법원에 가서 이혼 날짜를 받아왔다. 석 달 후에 다시 가서 이혼을 하면 된다.

이제 홀로서기를 해야 한다. 다섯 살 아이를 부양하면서 혼자서 살아가야 한다. 그렇게 하기 위해서는 돈을 벌어야 한다. 아직 제대로 된 직장을 얻지 못해서 은영이 간 곳이 바로 물류센터 아르바이트다.

그곳에서 한 청년을 만났다. 철수였다. 철수는 배려심이 많고 밝은 청년이었다. 힘든 일을 하면서도 늘 명랑하게 웃으면서 다른 사람들을 도왔다. 어떻게 저렇게 밝고 활력이 넘칠까? 은영은 철수가 부러웠다.

"철수 씨는 어떻게 그렇게 밝아요?"

"제가 그렇게 보이나요?"

"네, 철수 씨처럼 나도 그렇게 밝고 행복한 얼굴로 살아가고 싶어요."

"은영 누나에게 고민이 있나 보군요."

"사실은 제가 곧 이혼을 하게 되었어요. 남편의 가정폭력으로 더 이상 같이 살 수가 없기 때문이죠. 그런데 막상 이혼하고 혼자서 아이를 양육하면서 살아갈 생각을 하니까 우울하고 걱정되어요."

은영이 자신의 솔직한 심정을 털어놓았다. 왠지 철수에게는 이런 말을 해도 될 것 같았다. 친동생 같고 편안해서다.

"그런 아픔이 있으시군요. 누나, 저도 누나만큼 굉장히 삶이 괴로웠어요. 그런데 어떤 분을 만나고 나서부터 삶을 긍정적으로 바라보고 꿈을 향해 열심히 살아가게 되었어요."

"그분이 누구신데요?"

은영의 두 눈이 동그래진다. 그런 분이 있다면 당장 달려가서 만나야 하지 않겠는가.

"바로 백 작가님이세요."

"백 작가님이요?"

"네, 세상에 알려지지 않은 작가님이신데요. 경기도 양평에서 작은 분식집을 하신답니다. 그곳에 가서 백 작가님을 만나고 나서부터 제 인생이 달라졌어요."

"저도 그분 만나고 싶어요."

그 말을 할 때 은영의 머리가 아파왔다. 며칠 전 당한 폭력에 의한 후유증이다. 머리가 시큰거리고 아파서 잠깐 말을 멈추었다.

"누나, 괜찮으세요?"

"얼마 전에 남편에게 당한 폭력 때문에 머리가 아파요."

은영이 슬픈 표정을 지으면서 말한다. 정말 너무 아프다. 그래서인지 더 백 작가란 사람이 만나고 싶어진다. 정말 절실하다. 그분은 이 아픔을 치유해줄 것만 같다, 그분에게 가면은. 그분을 만날 수 있다면.

"철수 씨, 부탁이에요. 저도 백 작가님을 만나고 싶어요. 그분을 만나야만 제가 살아갈 힘을 얻을 수 있을 것 같아요. 어떻게 해야 그분을 만날 수 있나요?"

정말 간절한 표정으로 은영은 말했다. 그녀의 말은 진심이었다. 백 작가란 사람을 꼭 만나야만 한다는 생각이 들었다. 이 기회를 놓치면 안 된다는 절박함마저도 들었다.

"네, 제가 알려드릴게요."

그러더니 철수가 메모지에 뭔가를 적었다. 그리고 그 메모지를 은영에게 건네준다.

"여기 분식집 위치랑 주문하는 법을 적었어요. 이곳에 가셔서 이 방법대로 백 작가님에게 주문하시면 돼요. 그리고 가실 때는 꼭 혼자 가셔야 해요."

"고맙습니다, 철수 씨. 철수 씨에게 신세를 지네요."

"제가 뭐 해드린 것도 없는데요. 백 작가님이 누나에게 힘과 용기를 주실 거라고 믿어요."

"이렇게 그곳을 알려주신 게 제게 큰 도움을 주셨어요. 전 요즘 사실 누구에게도 말 못할 고민으로 잠을 못 이루고 있었거든요. 돈을 벌어야 해서 이곳에 나오긴 했지만 하루하루가 고통의 연속이었어요."

"이해해요, 누나. 누나도 백 작가님 만나서 저처럼 행복을 되찾을 수 있기를 바랄게요. 꼭 그렇게 될 거예요. 파이팅하세요!"

철수가 함박웃음을 지으면서 일하러 가고 나자 은영은 메모지를 들여다본다.

꿈꾸는 분식집

위치 경기도 양평군 청운면 터미널 근처 다리 건너 마을 안쪽 길 200미터 정도 안에 있는 작은 이층 황토색 집.

주문방법

먹고 싶은 메뉴와 비밀처방전 주세요, 라고 하면 됨.

돈은 받지 않음.

"참으로 희한하고 독특한 주문방법이다. 그리고 돈도 받지 않는다니 이런 곳이 세상에 있다고? 비밀처방전은 뭘까? 꿈꾸는 분식집? 이름도 참 좋네. 빨리 그곳에 가고 싶다."

은영은 철수가 준 메모지를 소중하게 접어서 가방에 넣었다. 이미 은영의 머릿속에는 그곳의 주소가 입력된 상태다.

"양평에 가야지."

양평은 언젠가 한 번 지나쳐 간 곳이다. 동창들과 만나서 동해안을 다녀올 때 지나친 곳이다. 동창들이랑 오랜만에 만나서 동해안을 가기 전날에도 은영은 남편에게 맞았었다. 남편이 은영에게 폭력을 행사한 이유는 자신에게 말대꾸한다는 것이었다. 말도 안 되는 걸로 트집을 잡은 남편은 갑자기 미친 사람처럼 돌변하더니 의자 뒤에 걸려있던 겨울 점퍼를 은영에게 휘둘렀다. 어찌나 세차게 휘둘러대던지 은영은 숨도 제대로 쉴 수 없을 지경이었다.

"하나님, 살려주세요!"

너무 급해서 하나님께 살려달라고 소리쳤다. 그 소리를 들은 남편이 눈을 더 매섭게 희번덕거리더니 더 세게 옷을 휘두르기 시작했다. 그때였다. 갑자기 왼쪽 눈앞이 아득해지고 별들이 빛났다. 그리고 뭔가 뜨거운 것이 주르륵 눈꺼풀 위를 타고 흘렀다. 엄청난 피가 이마에서 쏟아지기 시작했다.

"피, 피야! 나 피가 나!"

은영이가 놀라서 자리에 주저앉았다. 울음이 터지고 말았다. 내가 왜 이러고 살아야 하나 자괴감이 들었다. 남편이 미친 듯이 휘두른 점퍼에 달린 자크가 은영의 이마에 맞아서 이마가 찢어진 것이었다. 당황한 남편이 방바닥을 닦기 시작한다. 사람이 피를 흘리는데 지혈보다는 방바닥 피를 지우는 게 먼저인 남편을 보니 절망감이 들었다. 한참 방바닥을 닦던 남편이 수건으로 은영이의 이마를 누른다.

"이걸로 꾹 누르고 있어."

장판이 온통 핏자국이다. 은영이는 그렇게 많은 피를 본 적이 없다. 더군다나 그 피의 주인공이 자신이라니.

그런 사건을 겪은 은영이는 동창들을 만나서는 웃을 수밖에 없었다. 자신이 마치 가면을 쓰고 사는 사람처럼 여겨졌다. 죽을 만큼 힘들고 아픈데 아닌 척하면서 사는 사람이 아닌가.

"얘들아, 나 남편이 어젯밤에 때려서 이마가 찢어졌단다. 지금 여기 대일밴드 붙인 거, 아까 벌레 물려서 붙였다고 한 거 거짓말이야. 사실 우리 남편이 때린 거야."

이렇게 말하고 싶지만 맞고 산다는 걸 친구들에게 말하면 얼마나 자신을 초라하게 볼까 싶어 말할 수 없었다.

양평은 서울에서 그리 멀지 않지만 그렇다고 쉽게 다녀올 만큼 가까운 곳도 아니다. 그렇게 멀지도 가깝지도 않은 곳에 내가 만나야 할 분이 계시구나, 이런 생각에 갑자기 마음이 설렌다. 그리고 심장이 따뜻해진다. 이건 마치 운명의 여신이 내게 만나라고 하는 계시 같다고 생각한다. 그동안 상처받은 자신의 인생에 한 줄기 햇살처럼 찾아온 분이 백 작가님이다. 그분을 나는 만나야만 한다는 간절함이 은영에게 생겨났다.

"자기야, 나 오늘 양평 좀 다녀올게."

"뭐? 양평?"

"응, 그곳에 가서 꼭 만나야 할 분이 계셔."

"생전 어디 안 가더니 무슨 일이야? 알았어."

술을 먹지 않아서 정신이 멀쩡한 남편이 다정하게 말한다. 이 모습은 그의 진짜 모습이 아니다. 이런 모습에 속아서 지금까지 살아온 것이다.

그녀의 손바닥에는 아직도 선명하게 흉터가 있다. 술에 취한 남편이 그녀에게 이혼하자고 소리를 지르고 행패를 부리면서 던진 달력이 그녀의 손바닥을 베었기 때문이다. 종이로 만들어진 달력 때문에 이렇게 큰 상처가 나서 흉터까지 생길 수 있다는 걸 그녀도 처음 알았다. 처음에는 피가 엄청나고 상처가 컸었다.

몇 달이 지났지만 흉터는 사라지지 않는다. 왼쪽 갈비뼈도 가끔 너무 아프다. 언젠가 술에 만취한 남편이 반찬이 마음에 안 든다면서 그녀의 얼굴을 때리고 쓰러진 그녀의 등을 발로 짓밟았기 때문이다. 그때 너무 아파서 병원에 남편이 운전하는 차를 타고 갔었다. 남편은 마지못해 병원에 동행했다.

"어디가 아프신가요?"

의사가 무심히 물었다.

"네, 옆구리가 많이 아파요. 다쳐서요."

"어떻게 다치셨는데요?"

그 물음에 은영은 조금 망설였다. 마음속으로는 남편이란 인간이 저를 발로 짓밟았어요. 그래서 아파요, 라고 말하고 싶었지만 이렇게 말하고 말았다.

"제가 운동을 하다가 넘어져서 탁자 모서리에 부딪혔거든요."

그렇게 말하고 엑스레이를 찍고 다행히 뼈는 부러지지 않았다는 진찰 결과와 처방전을 받아서 나오는데 왜 그렇게 서럽던지. 은영은 그날을 생각할 때마다 자신의 소심함이 후회되었다. 남편이 때려서 아프다고, 그래서 옆구리가 너무 아파서 숨을 못 쉬겠다고 말하고 남편을 경찰에 신고할걸. 때리고 빌면 용서하고, 또 때리고 빌면 용서하고 그렇게 때린 역사가 너무 길다. 맞은 횟수를 셀 수가 없을 지경이니 말이다. 어떨 때 남편은 그녀의 목을 조르기도 했다. 벽으로 은영을 밀치고 두 손으로 멱살을 잡고 목을 조를 때 '이제 난 죽는구나'라는 생각을 했었다. 또 어떨 때 남편은 그녀가 1분 늦게 밥을 차렸다고 화를 내고 욕을 하기도 했다. 그날은 술을 먹지도 않았는데 말이다.

남편의 폭력적인 행태를 은영은 지금까지 아무한테도 말하지 않고 살아왔다. 창피해서다. 내가 남편에게 맞고 산다는 사실을 말한다는 것 자체가 자존심이 상해서다.

이제 남편과 이혼하기로 하니까 앞으로는 그럴 일이 안 생길 것이란 안도감이 생긴다. 남편의 멍한 얼굴을 바라보다 은영은 옷을 입고 가방을 메고 집을 나섰다. 남편이 순순히 이혼에 합의한 것은 그에게 여자가 있기 때문이란 것을 은영은 알고 있다.

몇 년 전부터 은밀한 문자를 주고받던 남편의 모습을 목격한 적이 있기 때문이다. 차라리 잘 되었다 싶었다.

'어떤 남자들은 이혼하자고 하면 절대로 못해준다면서 여자를 괴롭힌다는데 그 여자가 있어서 이혼해준다니 오히려 잘 된 일이야.'

그리고 한편으로는 저렇게 폭력적인 남편이 자신과 헤어져서 다른 여자를 만나 또 괴롭힐 것을 생각하니 미래의 그의 아내에게 미안한 생각마저 들었다. 하지만 더 이상은 이렇게 살 수 없다.

이제 난 백 작가님을 만나러 간다. 은영의 발걸음이 경쾌하다. 아파트 현관을 나서면서 콧노래가 절로 나온다.

"괜찮아, 다 잘 될 거야. 난 괜찮아. 작가님을 만나면 힘을 얻을 거야. 랄라랄라."

이렇게 혼자서 작사 작곡을 한 노래를 흥얼거리면서 버스정류장으로 걸어간다. 누가 보면 저 여자 이상하다고 할 수 있을 만큼 지나치게 경쾌하다.

늦겨울이라 하얗게 쌓인 눈이 거리에 드문드문 있다. 그 눈마저도 예뻐 보인다. 다른 날에는 그 눈이 굉장히 지저분해 보였다. 녹다 만 눈은 시커멓게 가장자리가 물들어 있었기 때문이다. 하지만 지금은 그 눈이 처음 내리던 하얗고 깨끗한 그때의 눈으로 보인다.

올해 들어 가장 춥다는 일기예보가 있었다. 영하 17도까지 떨어진 아침 기온에 사람들의 옷차림은 거의 중무장 수준이다. 은영도 집 안에 있는 옷 중에서 가장 따뜻한 옷으로 골라 입고 나왔다. 원래 은영은 추위를 매우 잘 탄다. 조금만 추위도 손발이 차고 몸이 떨리는 체질이다. 그런데 오늘 아침은 그렇지가 않다. 이상하게 마음이 훈훈해서인지 몸도 덜 춥다. 차가운 기온이 그녀에게는 시원한 기온으로 체감된다.

즐거운 마음으로 올라탄 버스에는 대여섯 명의 승객들이 타고 있었다. 모두들 추위에 잔뜩 움츠러든 모습이었다. 단 한 명도 웃고 있는 사람은 없었다. 무표정이거나 우울한 표정이었다. 그런 모습을 보니 문득 은영은 자신 역시도 저 사람들과 다를 바 없는 표정을 짓고 버스를 탔다는 생각이 들었다.

'왜 다들 우울하고 무덤덤한 표정일까? 단 한 명도 행복해 보이지가 않아. 나도 그랬구나. 나도 저 사람들처럼 슬프고 삶에 찌든 표정으로 하루하루를 살아오고 있었구나. 왜 그랬을까? 정말 삶이란 사람들에게 만만한 것이 아닌 게 분명해.'

이런 생각을 하면서 창밖을 바라본다. 리어커를 끌고 폐지를 줍는 노인이 재활용 종이박스를 리어커에 싣는 모습이 보인다. 그는 초라해 보이고 옷차림은 누추했다. 주름은 깊게 패이고 한겨울인데 얇아 보이는 점퍼를 걸치고 있었다.

"잠깐만요, 기사님."

은영은 버스 기사에게 양해를 구하고 얼른 노인에게 달려갔다.

"할아버지, 이 돈으로 맛있는 거 사드세요."

그녀는 만 원짜리 지폐 다섯 장을 그에게 주었다. 물류센터에서 일하고 번 돈이다.

"아휴, 뭘 이런 걸? 고마워요, 잘 먹을게요."

초라한 행색의 노인은 고개를 연신 꾸벅거리면서 감사의 인사를 했다. 은영은 자신이 힘들게 번 돈의 일부를 노인에게 주는 게 아깝지가 않았다. 오히려 자신의 호의를 기꺼이 받아준 노인이 고마웠다.

양평에서 청운면으로 오는 동안 은영은 또다시 불안해졌다.

'앞으로 난 어떻게 살아가야 하지? 내가 우리 아들을 잘 키울 수 있을까? 내게 도움을 줄 사람은 아무도 없는데.'

그런 불안한 생각은 자신의 처지를 더욱 비관하게 만들었다.

'왜 나는 이 모양 이 꼴로 살아갈까? 남편이란 사람은 허구한 날 술이나 먹고 폭행을 행사하고, 잘 다니던 직장도 결혼하고 애 낳고 그만두는 바람에 경력단절녀가 되고. 집안에 의지할 사람 한 명도 없으니 허허벌판에 홀로 선 나무 한 그루보다 더 쓸쓸한 인생이야.'

이런 생각을 하고 한숨을 푹 내쉬면서 버스에서 내렸다. 철수의 말대로 이곳은 작은 시골 마을이었다. 그런데 참 뭐랄까 편안하다는 느낌이 들었다. 청운면이란 말도 뭔가 맑아지는 이름이다. 정신이 맑아지고 마음이 차분해지는 기분이 든다. 이런 기분 참 오랜만이야, 라고 혼잣말을 해본다.

터미널 앞 도로 건너편에 커다란 사과 트럭이 있었다. 그 트럭에는 어마어마한 양의 사과가 산더미처럼 쌓여있다. 은영은 백 작가에게 사과를 선물해주고 싶었다. 은영은 누군가의 집을 방문할 때 빈손으로 가지 않는 사람이다.

"이 사과 얼마예요?"

"만 원입니다. 아주 달아요."

"그럼 만 원어치만 주세요. 가장 빨갛게 잘 익은 걸로 골라주세요."

"네, 감사합니다."

과일을 파는 아주머니가 수많은 사과 중에서 가장 빨갛게 익은 사과를 골라서 비닐봉투에 담아주었다. 그녀는 60대 정도로 보였으며, 그동안의 장사로 힘들었는지 나이보다 더 들어 보이는 얼굴이었다.

'이분도 나만큼 고생이 많은 사람 같아.'

문득 사과 아래에 있는 검정콩이 보였다. 500그램 정도씩 포장된 검정콩은 열두 봉지 정도 진열되어 있었다.

"콩도 파세요?"

"네, 이 마을에서 농사지은 건데요. 할머니가 팔아달라고 부탁하셔서 제가 팔아드리고 있어요."

참 마음씨가 고운 분이라는 생각이 들어서 은영은 그 콩도 사기로 한다.

"이 콩도 한 개 주세요. 얼마인가요?"

"네에, 만 원이에요. 맛도 좋아요."

그렇게 콩 한 봉지와 사과 한 봉지를 샀다. 이 선물을 백 작가님에게 드리면 좋아하시겠다. 얼굴도 모르지만 분명 그분은 인자한 분이라는 예감이 든다. 그래서 은영은 너무너무 그분을 만나고 싶다.

은영의 부모님을 은영은 모른다. 그녀는 고아였기 때문이다. 그런 점까지도 남편은 공격수단으로 삼아서 그녀를 괴롭혔다.

"부모가 없어서 배운 게 없으니 그 모양이지!"

이러면서 고아인 은영을 무시하기 일쑤였다. 그럴 때마다 피가 거꾸로 솟는 것 같았다. 당장 이혼하고 싶었고, 당장 남편이란 남자로부터 벗어나고 싶었다. 하지만 하나뿐인 어린 아들 때문에 그 결정을 지금까지 못 내리고 살았던 것이다. 지난 세월을 생각할수록 눈물이 날 뿐이다. 너무 억울한 결혼생활이었기 때문이다.

사과와 서리태콩을 사고 은영은 비교적 차분한 걸음으로 다리를 건넜다. 다리 오른쪽 입구에는 마을 사람들을 위한 정자가 마련되어 있었는데 강가 위에 설치된 그 정자는 예술적으로 보이기도 했다. 비교적 관리가 잘 된 걸 보니 최근까지도 잘 이용한 것 같다.

다리를 건너니 여물리라는 마을 이름이 보인다.

'이곳이 여물리구나.'

다리를 건너기 전에는 용두리이고 다리를 건너는 순간 여물리가 된다.

'신기하군. 다리 하나 건넜는데 다른 동네가 되었네.'

'그래, 인생도 이 다리와 같아. 어떤 다리 한 개를 건너면 완전히 다른 세상으로 들어서게 되잖아. 마치 내가 결혼이라는 다리로 인해서 피폐해진 영혼의 세계로 입장했던 것처럼.'

탈출하고 싶어도 탈출하지 못한 우리에 갇힌 강아지 같은 신세였던 자기 자신이 또다시 가여워진다. 그렇지만 지금 이 순간 은영에게는 백 작가님에 대한 생각이 더 크다.

"그분을 만나면 무슨 말을 처음 해야 할까?"

가방에서 팩트를 꺼내 거울을 본다. 그리고 해쓱한 얼굴에 하얗게 팩트를 덧바른다. 좀 화사한 얼굴로 작가님과 만나고 싶어서다. 비록 현재의 처지는 암울하지만 백 작가에게만은 그래도 예쁜 모습을 보여주고 싶다. 이유는 모르겠다. 그냥 그렇다.

다리를 다 건너니 왼쪽에 비교적 최근에 지어진 정자가 보인다. 그 정자는 조선 시대에 지어진 정자처럼 고풍스러운 디자인에 아주 단단해 보였다. 빗자루도 있고, 몇 개의 방석도 있다. 잠깐 그곳에 앉았다.

엄청나게 추운 날인데 하나도 춥다는 생각이 안 드는 게 신기하다. 지금 현재 기온은 영하 10도에 이른다. 뉴스에서는 한파에 건강을 조심하라는 이야기를 연신 해대고 있다. 안전 안내문자 역시 여러 번 왔다. 그런데 춥기는커녕 열이 날 지경이다.

그리고 이 마을은 뭔가 독특한 것 같다. 다리 한 개를 사이에 두고 길 건너기 전 정자는 조금 위태로워 보이고, 길 건넌 후에 세워진 정자는 튼튼하고 안정적으로 보인다. 조선 시대풍 정자는 최근에 만들어진 것이어서 그럴 것이다. 어쨌든 은영에게 그것은 어떤 깨달음을 준다.

두 개의 정자는 시간의 흐름과 세월의 무상함과 인생의 가변성을 알려주는 것만 같다. 그런데 이런 고차원적 생각은 은영은 이해하기 어렵다. 은영은 이런 신비로운 깨달음을 얻는 자신이 신기했다.

'내가 어떻게 이런 생각까지 하게 되었지?'

뭔가 보이지 않는 존재가 자신에게 그런 가르침을 주는 것만 같다. 원래 깊은 생각을 하지 않는 은영이었기 때문이다. 정자에 앉아서 바라본 강물은 참 푸르르다. 하늘도 푸르르고, 강물도 눈이 시릴 만큼 푸르른 것이 이곳에 오길 잘했다는 느낌이 절로 들었다.

"백 작가님, 작가님을 만나러 가는 길이 정말 좋네요. 작가님은 정말 아름다운 동네에 살고 계시네요."

이렇게 혼잣말을 해본다. 그 말은 거짓 없는 고백이었다. 정말 아름다운 마을이고, 아름다운 풍경이다. 그렇게 감탄하면서 정자에서 일어나 마을 길을 걸었다.

철수가 준 메모지에 그려진 약도에 있는 마을회관 앞에 이르렀다. 여기서 조금만 더 걸어가면 꿈꾸는 분식집이 나타날 것이다.

그런데 정말 이상한 건 터미널에서 내려서 이곳까지 걸어오는 동안 누군가 자신과 동행하는 것 같은 기분이었다. 분명히 혼자 걸어오는데 누군가가 옆에서 함께 걸어주는 것 같았다. 그것도 아주 다정하게 같이 걸어주는 그 누군가가 생생하게 느껴진다. 그래서인지 아까 버스에서 하던 부정적인 생각들이 조금씩 옅어졌다. 그리고 오직 머릿속에는 백 작가님이란 사람에 대한 궁금증으로 가득 찼다.

"아, 궁금해. 도대체 어떤 분일까? 너무 궁금해."

이렇게 몇 번을 말했는지 모른다. 원래 은영은 궁금한 건 못 참는 체질이다. 무엇이 궁금하면 잠이 오질 않을 정도인 성격이다. 그런 은영이 궁금증을 참고 여기까지 찾아온 것도 대단한 일이 아닐 수 없다.

손에 든 사과와 검은콩이 조금 무겁다 느껴질 때쯤 저 멀리 황토색 조그만 이층집이 보였다. 약간 커브 길을 걸으니 집이 은영을 반겨주는 듯 웃고 있다. 은영의 눈에는 그렇게 보였다. 날씨가 추워서인지 오는 동안 길에서는 사람들을 한 명도 만나질 못했다. 강추위에 사람들도 외출을 삼가서일 것이다. 이제야 조금 춥다는 생각이 들었다. 하지만 심장이 너무 빠르게 떢어서 춥다는 생각도 금방 사라지고 만다.

"작가님!"

은영이 반가운 목소리로 말했다. 저기 집 뒤편에서 나오는 여인이 있었다. 철수 씨가 말해준 대로 그 여인은 가녀리지만 강인한 모습이었다. 하지만 또한 순수한 아름다움을 간직한 신비로운 모습이었다. 하얀 레이스가 풍성하게 달린 원피스는 그녀의 그런 순수함을 더 돋보이게 만들어주었다.

"백 작가님 맞으시죠?"

"네, 맞아요. 어서 오세요. 은영 씨, 오랫동안 기다렸어요."

"제가 오는 걸 어떻게 아셨어요? 제 이름도 아시고, 저 작가님 만나 뵈어서 정말 가슴이 벅차올라요."

"어젯밤에 예지몽을 꾸었거든요. 은영 씨가 오늘 오시는 걸 봤어요."

"작가님, 이 사과와 콩 받으세요. 터미널 앞에서 사왔어요. 작가님 드시라고."

은영이 사들고 온 선물을 백 작가에게 주었다.

"감사히 잘 먹을게요. 은영 씨는 마음이 정말 착하세요. 여기서 이러지 말고 추우니까 어서 들어가요."

백 작가가 은영을 집 안으로 안내했다. 백 작가의 첫인상은 은영에게 일종의 충격이었다. 현실에서 볼 수 없는 신비롭고 아리따운 모습에 아우라가 찬란했기 때문이다. 무엇보다도 백 작가를 처음 본 순간 심장이 미친 듯 뛰었다. 마치 감동적인 작품을 읽고 나서 한동안 그 감동에 젖어서 꼼짝 못하는 것과 같았다. 감동적인 사람이랄까? 말로 표현할 수 없는 지혜로움이 가득한 사람이라는 것을 처음 본 순간 눈치챌 수 있었다.

"작가님을 이렇게 만나 뵈어서 정말 영광입니다. 전 작가님 만날 이 순간을 정말 기다렸어요. 직접 만나니까 제가 왜 이곳에 와야만 했는지 알 수 있을 것 같아요."

그랬다. 은영은 자신이 왜 이곳에 왔는지 백 작가를 만난 순간 금방 알 수 있었다. 그것은 어떤 해답을 받을 수 있다는 안도감이었다. 백 작가의 모습에서 우주의 모든 지혜가 응축된 현명함을 보았던 것이다.

"은영 씨, 무릎은 좀 어때요? 자, 여기 제가 은영 씨를 위해 쑥찜질을 준비했어요. 무릎이 많이 아프시죠? 따뜻하게 데웠으니까 무릎에 놓아드릴게요."

그 말을 들은 순간 은영은 갑자기 울음이 터졌다. 어떻게 자신이 무릎이 아픈 걸 아는 건지는 중요하지가 않았다. 일찍이 고아로 자라서 부모님이나 친구, 그 누구로부터도 이렇게 따뜻한 보살핌을 받은 일이 없었기 때문이었다. 더군다나 마땅히 자신의 편이 되어주고 아플 때 간병을 해주어야 할 남편은 오히려 그녀를 폭행해서 아프게 만들었던 것이다. 그래서 더 눈물이 펑펑 쏟아진다.

"작가님, 저 사실은 무릎이 많이 아파요. 남편이 던진 휴대폰에 맞아서 피멍이 들었거든요. 그런데 작가님이 절 위해서 쑥찜질을 준비해주시니 눈물이 나요."

"알아요, 얼마나 많이 아프셨는지. 그래서 제 마음이 더 아파요. 그동안 정말 고생 많으셨어요. 자, 이제 행복하실 일만 남았으니 눈물을 거두세요."

백 작가가 은영의 뺨을 타고 흐르는 눈물을 손수건으로 부드럽게 닦아주었다. 그 손길은 마치 천사의 손길 같았다. 천사가 이 세상에 있다면 백 작가님일까, 라는 생각이 들었다. 은영은 자신에게 이토록 따스하게 대하는 작가님의 얼굴을 천천히 바라보았다.

"백 작가님, 당신은 혹시 천사가 아니신가요? 어떻게 사람의 아픔을 이렇게 따뜻하게 어루만져 주시죠?"

"전 천사가 아니랍니다. 그냥 평범한 글 쓰는 사람이에요. 다만 은영 씨를 위로하고 싶은 간절한 마음을 지닌 사람이죠."

백 작가가 겸연쩍은 미소를 지으면서 말한다. 그렇게 말하는 모습이 얼마나 겸손하고 우아한지 은영은 마음속으로 감탄하고 있다.

"작가님, 전 된장찌개가 먹고 싶어요. 그리고 비밀처방전도 꼭 받아가고 싶어요."

"네, 그래요. 그렇지 않아도 은영 씨를 위한 된장찌개를 끓이기 위해 다슬기를 준비해놨어요. 다슬기 된장찌개를 끓여드릴게요. 비밀처방전도 드릴 거니까 찜질하고 편히 쉬고 계세요."

"어머, 작가님. 제가 간이 요즘 안 좋은 건 어찌 아셨어요? 남편의 폭력 때문에 독한 항생제에 소염진통제를 달고 살았더니 간이 안 좋아졌어요. 그래서 다슬기 먹고 싶었는데 형편이 어려워서 못 먹고 살았거든요."

은영은 진심으로 놀라고 있었다. 갈수록 신기한 분식집이지 않은가? 어떻게 자신이 원하는 것을 다 알고 준비해두었단 말인가? 꿈꾸는 분식집이 아니고 신기한 분식집이라고 해도 손색이 없을 것 같다. 이곳을 세상 사람들이 안다면 너도나도 다 오겠다고 난리가 날지도 모른다.

"작가님, 제가 뭐 도와드릴 건 없을까요?"

은영이 애호박을 썰고 있는 백 작가를 보다가 조심스럽게 말을 걸었다. 따끈한 찜질을 하고 났더니 무릎도 많이 좋아졌다. 호박을 썰다가 은영의 말에 백 작가가 살며시 뒤돌아본다. 백 작가가 잠깐 몸을 움직이는 그 순간 어떤 묘한 향기가 났다. 그건 늦가을 들판에 아련히 핀 국화꽃 향기였다. 사람에게서 천상의 꽃향기가 난다. 은영은 놀라워서 입을 다물 수가 없을 지경이다.

"오늘 은영 씨는 아무것도 하지 말고 여왕처럼 대우만 받으세요. 그동안 힘들게 밥상을 차리셨잖아요? 은영 씨가 밥상을 1분 늦게 차렸다고 남편으로부터 폭언을 듣고 폭행을 당한 날, 저는 이곳에서 울고 있었어요. 도와드릴 수도 없고."

"그날의 일을 알고 계시네요?"

"네, 다 알아요. 은영 씨 손에 달력이 칼날처럼 날아들어서 상처를 만들고, 그로 인한 흉터가 아직도 남아있는 것도 알아요. 바람난 은영 씨의 남편이 그렇게 한 것도 다 알아요."

"흑흑, 정말 정말 고맙습니다. 그냥 제가 그렇게 살아온 것을 알아주시는 것만 해도 전 큰 위로가 돼요. 지금까지 아무한테도 말하지 못하고 혼자서만 삭혀왔거든요. 피가 나도, 멍이 들어도 캄캄한 방에서 혼자서 울고 혼자서 아파했거든요."

은영이 흐느껴 울자 백 작가가 은영의 어깨를 감싸 안아준다.

"울지 말아요, 은영 씨. 그동안 정말 고생 많았어요. 제가 된장찌개 맛있게 끓여드릴 거니까 맛있게 드시고 기운 내세요."

백 작가의 품에서 은영은 한참을 더 흐느껴 울었다. 그냥 울고만 싶었다. 하염없이 눈물을 흘리고 싶었다. 왠지 그렇게 하고 싶었다. 왜냐하면 백 작가님이기 때문이다. 이분은 세상의 그 누구도 가지지 못한 커다란 위로의 힘을 지닌 분이다. 적어도 은영에게는 그렇게 여겨졌다.

백 작가가 해바라기가 붙어있는 냉장고에서 풋고추를 꺼낸다. 시금치와 콩나물도 꺼낸다. 그리고 된장을 뚝배기 안에 넣고 수저로 풀어준다. 송송송! 풋고추를 가위로 자른다. 시금치와 콩나물을 깨끗이 씻는다. 그 모든 손길 하나하나가 정성스럽다. 은영은 그 모습에서 눈을 뗄 수가 없다. 오직 자신만을 위해 준비해주신 된장찌개이지 않은가? 마치 눈으로 사진을 찍듯 장면 하나하나를 또렷이 바라본다.

"작가님, 제가 이런 대우를 받아도 될까 싶어요."

은영이 약간 의기소침한 목소리로 말한다. 그도 그럴 것이 남편으로부터 제대로 아내 대우를 받아본 적도 없고, 오히려 음식을 해주면 맛없다고 타박만 받아왔기 때문이다. 고아인 자신에게 이렇게 정성스럽게 음식을 해준 사람은 결코 없었다.

"이건 당연한 대접이에요. 지금 이 순간 은영 씨는 제게 가장 소중한 사람이니까요."

지금 이 순간 백 작가에게 가장 소중한 사람이 자기라는 말은 은영의 뇌를 깨웠다. 그건 청천벽력 같은 소리였다. 어떻게 자기처럼 하찮은 존재에게 그런 말을 해줄 수 있단 말인가? 정녕 이분은 누구란 말인가? 은영은 가슴 깊은 곳에서부터 존경심이 우러나왔다.

"저도 지금 이 순간 가장 소중한 분은 작가님이세요. 너무 소중해요."

은영은 단 하나의 거짓도 없이 진심으로 말했다. 지금 이 순간 백 작가가 가장 소중하다. 그리고 감사하다. 이런 순간이 자신의 인생에 있을 줄은 몰랐다. 서로를 진심으로 아끼고, 소중히 여기는 이 경이로운 순간이 자신의 삶에 찾아올 줄은 예전에는 미처 몰랐다.

된장찌개의 구수한 냄새가 작은 집 안에 가득하다. 원룸처럼 형성되어 있는 이 집은 아담하고 귀엽다. 처음 들어올 때부터 은영은 이 아늑함이 좋았다. 백 작가란 사람이 얼마나 겸손하고, 검소하고, 욕심 없는 사람인지 한눈에 알아볼 수 있는 집이었다. 그리고 지금 보글보글 끓는 된장찌개 향기가 가득한 이곳은 천국과 같다. 작지만 위대한 집이 아닐까? 작지만 위대한 분식집이지 않을까?

"자, 은영 씨만을 위해 제가 다슬기 된장찌개를 끓였어요. 시금치하고 콩나물도 넣었어요. 맛있게 드세요."

유리 탁자 위에 검정색 뚝배기가 놓여졌다. 아직도 보글보글 끓는 된장찌개에서 구수한 된장 냄새가 나고 있다. 김치와 마른 오징어채볶음과 은영이 좋아하는 계란 장조림도 있다. 은영은 차마 일어나서 의자에 앉을 수가 없다. 먹어 없애기에는 이 장면이 너무 귀하기 때문이다. 영원히 간직하고 싶은 이 순간이다.

"괜찮아요, 어서 드세요. 이 요리는 그동안 수고한 우리 은영 씨를 위한 저의 선물이에요. 지치실 때 제가 끓여드린 된장찌개를 떠올리시면 기운이 나실 거예요. 이것은 단순한 된장찌개가 아니니까요."

그 말은 맞는 말이었다. 이 된장찌개는 단순한 된장찌개가 아니었다. 음식이기 이전에 한 사람의 정성과 사랑과 치유와 공감이 들어있었다. 그 한 사람이 바로 백 작가님이다. 은영은 그 말을 듣자 힘이 났다.

'그래, 맛있게 먹자! 먹고 힘을 내자! 백 작가님의 사랑을 먹자.'

수저를 들고 된장찌개를 한입 떠먹었다. 탱글탱글한 다슬기가 입안에서 강물의 힘을 전해주었다. 콩나물이 대지의 영양을 주었고 시금치는 뽀빠이의 기운을 주었다. 그리고 무엇보다도 가장 진한 건 백 작가가 넣어준 정성과 사랑과 위로였다. 그 국물에 가득한 사랑이 은영의 마음을 울렸다.

"은영 씨, 전 이층에 가서 비밀처방전을 적어 가지고 올게요. 맛있게 드시고 계세요."

나긋나긋하고 다정한 목소리로 백 작가가 말했다. 솜사탕 같은 목소리는 듣고만 있어도 행복해진다.

'참 신기한 분이구나.'

은영은 다시금 깨닫는다. 저분은 신기한 분이라고.

"된장찌개가 정말 맛있어요, 작가님. 아픈 곳이 다 나을 것만 같아요. 감사히 잘 먹겠습니다."

은영이 감사 인사를 하자 백 작가가 미소 띤 목례를 하며 이층으로 올라갔다. 실내에 있는 나무 사다리가 이층으로 연결되어 있었다. 그 공간에서 백 작가는 은영을 위한 비밀처방전을 준비할 것이다. 은영은 백 작가가 이층으로 올라가는 모습을 바라보았다. 은영의 눈에서는 꿀이 떨어지는 중이다. 솔직히 말하면 은영은 백 작가에게 반했다. 여자가 여자에게 반한 것이 아니라 인간이 인간에게 반한 것이다. 그리고 은영에게 백 작가는 단순한 인간이 아니라 인간을 초월한 신비로운 분이었다.

'이래서 철수 씨가 백 작가님을 입이 닳도록 칭찬을 했구나. 철수 씨의 말이 맞았어.'

은영은 된장찌개에 밥을 맛있게 먹으면서 그 생각을 했다. 그리고 반찬도 다 맛있어서 또 놀랐다. 마치 자신의 입맛을 다 알고 있는 것처럼 백 작가의 반찬은 은영의 입에 맞았다. 약간 달달하게 먹는 자신의 음식 취향과 맞아떨어지는 것이다. 이렇게 반찬을 하면 남편은 매번 불같이 화를 내곤 했다.

"달게 먹으면 당뇨병 걸린다고! 이 여자가 미쳤나? 반찬도 하나 똑바로 못 만들고."

이러면서 반찬을 쓰레기통에 버렸다. 그런 남편의 취향을 알기에 다른 반찬은 달콤함을 배제하고 그중 한 개의 반찬만 약간 달달하게 만들었는데 남편은 버럭 화를 내곤 했다. 반찬 하나도 자신의 입맛대로 먹을 수 없었던 불행한 결혼생활이었다.

그렇다고 하소연할 친정집도 없었다. 그런데 이곳에 와서 친정엄마 같은 분을 만났다. 자신의 모든 아픔을 헤아려 주고 상처에 찜질도 해주는, 그리고 맛있는 된장찌개를 끓여주시는 작가님을 만났다. 이것은 운명일 것이다.

'이건 운명이야. 하늘이 내게 기회를 주신 거야. 다시 살아갈 기회! 작가님을 만나게 하셔서 내게 다시 살아갈 힘을 주시잖아.'

벌써부터 은영은 다시 살아갈 힘을 얻고 있었다. 아까 백 작가가 쑥찜질을 해줄 때부터 뭔가 울컥하더니 삶에 대한 희망이 생기기 시작했던 것이다. 죽고 싶은 인생이었는데 다시 살아가고 싶어지는 건 왜인지 모른다.

"은영 씨, 이 비밀처방전을 은영 씨에게 선물해드릴게요."

이층에서 백 작가가 눈부시게 하얀 봉투를 가지고 내려왔다. 어찌나 하얀지 눈보다 더 하얗다. 순수하고 순결한 봉투라고 여겨졌다.

"감사합니다, 작가님. 맛있는 된장찌개도 끓여주시고, 비밀처방전도 주시고, 저 여기 5만 원이라도 받아주세요."

은영이 가방에서 5만 원권을 꺼내서 백 작가에게 내밀었다. 그것은 감사의 표현이었다. 백 작가가 웃으면서 손사래를 친다.

"아니에요, 은영 씨. 전 돈을 바라고 이러는 게 아니랍니다. 전 오직 은영 씨가 행복해지길 바라기 때문에 이렇게 하는 거예요. 제가 사는 이유는 상처받고 힘겨운 사람들이 저로 인해 위로받고 희망을 되찾는 거예요."

"죄송합니다. 제가 작가님의 큰 뜻을 알지 못했어요."

"은영 씨, 은영 씨는 혼자서도 얼마든지 아드님을 양육하실 수 있어요. 그러니까 아무런 걱정하지 말아요."

은영의 가장 큰 고민을 백 작가가 말한다. 은영은 그 말을 하고 싶었지만 백 작가에게 그런 것까지 상담하는 게 예의에 벗어날까 싶어서 참고 있었던 말이다. 그런데 백 작가가 먼저 그 말을 해주니까 다시 은영의 눈가에 이슬이 맺히고 만다.

"작가님은 제가 가장 걱정하고 있는 걸 어떻게 아셨나요? 전 그렇지 않아도 이혼하고 나서 어떻게 아들을 혼자 키울까 걱정하고 있었거든요."

은영이 눈물 한 방울을 뚝 떨구면서 말한다. 그 눈물은 유난히 뜨겁다.

"은영 씨는 꿈이 있잖아요? 어린 시절부터 되고 싶었던 그 꿈을 이루시고 아드님과 함께 행복하게 사실 거예요. 지금부터 꿈을 향해 달려가 보세요. 그러면 저절로 인생의 모든 고통이 사라질 거예요."

그 말을 들은 은영의 두 눈이 반짝였다.

"맞아요, 작가님! 전 오래전부터 간직한 꿈이 있어요. 그건 사람들의 머리를 예쁘게 가꾸어주는 미용사가 되는 거예요. 그런데 형편상 아직 그 꿈을 못 이루었어요. 결혼 전에는 생활비를 버느라 공장에 다녔고, 결혼 후에는 아이 키우고 남편 내조하느라 집에서만 있었거든요."

"지금부터 학원을 다니시고 미용기술을 배우세요. 은영 씨는 훌륭한 미용사가 되실 거예요."

"네, 작가님. 그렇게 하겠습니다. 제가 왜 그 생각을 못했는지 모르겠네요. 전 정말 미용사가 되고 싶어요. 머리카락을 만지면 행복하거든요. 제가 사람들의 머리를 멋지게 만들어주는 걸 상상만 해도 즐거워요."

은영은 지금 미용사가 되어서 손님의 머리를 매만지고 있는 것처럼 들떠있다. 상상만으로도 그 장면은 행복하다. 내일부터 당장 미용학원에 다니겠다고 다짐한다.

"제 꿈을 일깨워주셔서 감사합니다. 작가님, 당신은 제게 은인이세요."

백 작가가 은영의 손을 잡아준다. 신비한 기운이 백 작가의 손에서 은영의 손으로 전해진다. 수억 개의 별들이 무리를 지어서 은영의 혈관 속으로 파고들어 온다. 그 별의 정체는 백 작가의 신비로운 지혜였다. 은영은 그걸 느끼고 있다. 마술사의 손을 잡고 있는 것처럼 생전 처음 체험해보는 손길이다. 지혜의 별이 자신의 내부에서 빛나기 시작한다. 백 작가가 전해준 지혜의 별.

청운면 터미널에서 동서울로 가는 버스를 탔다. 버스 안에서 은영은 백 작가가 선물해준 비밀처방전을 들고 망설인다.

'아, 궁금해. 어떤 내용일까? 궁금해서 참을 수가 없어.'

역시나 궁금한 건 참을 수 없는 은영은 버스 안에서 하얀 봉투 안에 있는 종이를 꺼내 들었다. 거기엔 백 작가처럼 아름다운 글씨체로 이렇게 적혀있었다.

사랑하는 은영 씨에게 이 글을 선물합니다.

꿈을 간직하라

그대는 그대의 한 번뿐인 인생을 어떻게 인생을 살고 싶은가? 어떤 사람이 되어 한정된 삶의 시간들을 보다 값어치 있고 보람차게 채워나가고 싶은가? 그것을 생각하고 고뇌하는 것이 바로 꿈을 간직하는 일의 기초적인 작업이다. 꿈의 크기는 각자 모두 다르겠지만 꿈의 가치는 누구에게나 동일하게 소중할 수밖에 없다. 왜냐하면 꿈은 한 개인의 인생 전체를 주도적으로 이끌어가고, 그것 없이는 그 누구도 궁극적인 성공의 지표 위에 도달할 수 없기 때문이다.

꿈을 간직하고 살아간다는 것은 그러므로 그 어떤 일보다 더 시급하고 중요한 일이다. 지금 그대에게 꿈이 없다면 그것은 삶의 목표가 없다는 뜻이며, 무엇을 위해 왜 살아가야 하는지를 모르는 채 하루하루 헛되이 삶을 낭비하고 있는 것이나 마찬가지이다. 그런 사람은 풍랑이 이는 거친 바다 위에 목적지도 대책도 없이 멍하니 표류하고 있는 어부보다 더 안타깝다.

여행을 하려는 사람이 자신이 어디로 가야 할지를 정하지 않고 무작정 길을 떠나는 것은 차라리 이것저것 새로운 경험과 돌발적인 요소들을 체험하는 짜릿한 모험의 재미라도 있겠지만 인생에서 꿈이 없이 살아가는 삶은 캄캄한 어둠 속에서 스스로 시커멓고 두꺼운 안대를 하고 집 밖으로 나서는 것과 같이 무모하기 짝이 없는 일임을 명심하라.

　네모난 모양의 꿈을 간직한 사람이 있다. 그는 네모난 꿈을 그 무엇보다 애지중지 간직하고, 그 꿈을 이루기 위해 열심히 노력하고 있는 중이다. 그런데 가족과 친척 심지어 친구들까지도 모두 그의 네모난 꿈을 비웃고 멸시한다. 그들은 동그란 모양의 꿈만이 최상의 것이라고 칭송하며 네모난 꿈을 간직하는 것 자체를 시도 때도 없이 조롱한다. 네모난 꿈을 간직한 사람에게는 네모난 꿈이 가장 위대한 인생의 목표이자 삶의 최종 목적지가 되기를 소망하는 마음이 있다. 그에게는 주위에서 권하는 동그란 모양의 꿈이 절대 털끝만큼도 끌리지 않는다.

　그는 네모난 꿈이 너무나 좋다. 왜 그런지 그것을 가만히 생각해본다. 그는 어린 시절 네모난 꿈을 꾸며 한없이 행복해했었다. 주변 사람들 거의 모두가 더 늦기 전에 동그란 모양의 꿈으로 빨리 교체하라고 은연중에 압력을 넣고, 심지어는 핍박도 서슴지 않는 경우도 있었다. 그러나 그는 알고 있다. 그가 자신이 간직해온 네모난 꿈을 주위의 압력에 못 이겨 비겁하게 포기하고 다른 이들이 권하는 동그란 모양의 꿈을 마지못해 선택하는 순간 그의 순결한 희망과 궁극적으로 이루어질 인생의 행복은 일순간에 시들어버리고 말 것이라는 것을.

　그대에게는 어떤 모양의 꿈이 있는가? 그대가 별 모양의 꿈을 지니고 있든지, 막대사탕 모양의 꿈을 지니고 있든지, 도넛 모양의 꿈을 간직하고 있든지 주위에서는 분명히 그대의 꿈을 자기들 멋대로 해석하고 분해하면서 얼토당토않은 비판을 가할 것이다. 그리고 은근히 속삭일 것이다. 그건 실현 불가능한 꿈이니 다른 것으로 바꾸는 게 어때? 하지만 그런 말을 하는 사람의 입술은 지금 그대가 지닌 꿈을 부러워하고 질투하는 시샘으로 가득 차 있다.

진정으로 그대를 사랑하고 아끼고 위하는 사람의 입술에서는 이런 말이 나오게 되어있다.

"참 좋은 꿈이구나. 열심히 해봐. 넌 분명히 이룰 수 있을 거라고 믿어."

그 외의 다른 부정적인 말들을 던지는 모든 이들은 지금 그대가 지닌 꿈을 시기하고 있다고 해도 과언이 아니다.

꿈을 간직하는 일은 자신을 굳세게 믿어야만이 가능한 일이다. 쉼 없이 마구잡이로 흔들어대는 주변의 비평과 비웃음에도 결코 흔들리지 않는 빳빳한 자존심이 있어야 한다. 자기가 자기를 믿어주지 않고서 꿈을 간직하고, 꿈을 이루기 위해 노력한다는 일은 있을 수 없는 일이다. 그대 자신을 독하게 믿어라. 자기 자신의 무한한 가능성과 성공에 다다르는 미래의 멋진 모습을 매일매일 상상하라. 그러한 현명한 행동은 여러분을 가뿐히 꿈이 실현되는 성공의 길로 옮겨줄 것이다. 그대의 꿈이 위대할수록 더 많은 사람들이 나서서 더 강하게 비난하고, 심지어 궁지에 몰아넣기 위해 온갖 누명도 씌울 것이며, 어떻게 해서든지 그대의 위대한 꿈이 이루어지지 못하도록 결사적으로 방해할 것이다.

어떤 사람의 꿈이 시장에 있는 조그만 신발가게에 가서 예쁜 운동화 한 켤레를 사서 신는 소박한 일이라면 그 꿈을 비웃거나 그런 꿈은 어리석은 것이라며 만류할 사람은 한 사람도 없을 것이다. 그러나 어떤 사람의 꿈이 폭압적인 정치권력으로부터 선량한 국민을 구제하고, 자유와 정의가 실현되는 민주주의의 초석을 다지겠다는 광대한 꿈이라면 여기저기에 숨어 있던 부정직하고 타인의 인명과 재산을 염치없이 가로채 오던 어둠의 무리들로부터 심한 저항에 부딪히게 될 것이다.

그러므로 오늘 그대의 꿈을 괄시하고 무시하며 비웃는 자들에게 친절한 냉소를 한 아름 안겨주어라. 그들이 그렇게 나오는 것은 그대의 꿈이 한없이 부럽지만 자신들은 그런 꿈을 꿀 엄두조차 내지 못하기 때문이다. 밟히면 밟힐수록 더 질겨지고 튼튼해지는 잡초와 보리처럼 강인한 생명력으로 자신만의 꿈을 꿋꿋이 지켜내라. 꿈을 간직하고 유지해가며 그것을 이루는 일은 수많은 난관을 이겨내야만 하는 고통스런 길이다. 고통과 갈등 없이 꿈을 이룰 수는 없을 것이다. 수시로 의구심에 사로잡히는 자신과 꿈을 방해하는 타인과, 그리고 열악한 환경에 굴복하고, 결국엔 꿈을 버리고 마는 사람들이 얼마나 많은가?

꿈을 잃은 사람의 일상은 열심히 꽤 활기차게 살아가고 있는 듯 보이나 알고 보면 아무것도 아닌 쓸모없는 삶이다. 아무런 의미 없이 웃고, 아무런 가치 없는 언어들로 억지로 명랑한 체하면서 떠들고 있는 중이다. 얼핏 보면 그들이 세상에서 가장 유쾌하고 행복한 사람들 같다. 꿈이 없는 사람은 절제나 중용 그리고 목표의식이 없기 때문에 매우 자유분방하고 개방적이며, 한없이 호의적으로만 보이기도 해서 대충 보면 그들은 세상에서 제일 성격 좋고, 인간성 좋은 사람처럼 보인다. 그렇지만 속지 말라. 그들은 지금 정체성 상실로 인한 방황의 길에서 우왕좌왕 헤매고 있는 중이다. 그런 사람들과 어울리면 똑같은 부류의 사람이 되는 건 시간문제다. 가슴속 깊은 곳에 자신만의 소중한 꿈을 고이 간직하라.

"작가님, 제게 이렇게 좋은 글을 주셔서 감사합니다."

그 말을 어찌나 크게 했던지 버스 안의 승객들이 동시에 은영을 쳐다보았다. 자신이 있는 곳이 버스 안이라는 사실을 잠깐 잊을 정도로 글이 가슴에 와닿았다. 은영은 환하게 미소 짓는다. 그 환한 미소는 창가에 비친 햇살보다 더 눈부셨다.

"여보세요, 미용학원인가요? 저 이번 달부터 등록하고 싶은데요."

은영은 미용학원에 다니기 시작했다. 3개월 후 남편과 이혼한 은영은 열심히 학원을 다녀서 미용사 자격증을 땄다. 이제 혼자서 얼마든지 아들을 키우면서 안정적으로 살아갈 수가 있게 되었다. 이혼 후에 홀로 아들을 어떻게 양육할까 걱정하고 고민하던 은영은 지금 찾아볼 수가 없다. 실력을 인정받아서 시내의 유명한 미용실에 취직한 은영은 단골들에게 인기가 많다.

"은영 씨, 제 머리 좀 해주세요."

"저 은영 씨에게 머리 자르고 싶은데요."

이런 손님들로 인해서 은영은 바쁘다. 월급도 많이 오르고, 무엇보다도 자신의 꿈을 이루어서 행복하다. 그녀는 바쁜 하루일과를 끝내고 커피 한 잔을 마시면서 노을 진 하늘을 바라본다.

"작가님, 백 작가님! 저 미용사가 되었어요. 작가님이 주신 글 매일 하루에 두 번씩 읽으면서 꿈을 이루었어요. 작가님이 끓여주신 된장찌개 매일 생각하면서 힘을 내었어요. 힘들고 좌절하고 싶을 때 작가님 생각하면서 용기를 가지고 노력하고 전진했더니 제 꿈을 이루었어요. 고맙습니다, 작가님!"

주홍빛 노을이 아름다운 하늘 저 멀리 백 작가의 모습이 보인다. 따스한 미소를 머금고 은영을 바라본다. 은영은 한 번 더 소리쳐 본다.

"작가님, 저 지금 행복해요! 다 작가님 덕분이에요! 작가님도 꼭 행복하셔야 해요. 아프지 마시고 오래오래 좋은 글 많이 써주시고 상처받은 사람들을 위로해주세요. 사랑합니다, 나의 작가님!"

은영의 목소리가 영롱하게 허공에 퍼진다. 백 작가에게 그 말이 전해지길 간절히 바라면서 은영은 지그시 노을이 물든 하늘을 바라본다.
"은영 씨, 고마워요. 나도 행복할게요. 은영 씨는 은영 씨의 자리에서 멋지게 빛나세요. 지금처럼요."
노을 속에서 하얀 원피스를 입은 백 작가가 은영이를 향해 그렇게 말한다. 은영의 눈에는 그 모습이 보였다. 마치 환상처럼 그 광경이 펼쳐졌다. 그 모습을 보면서 은영은 눈물이 글썽해진다.
"네, 알겠습니다. 작가님, 지금 이 자리에서 멋지게 빛날게요. 지금처럼요."
그것은 일종의 다짐이었다. 다시는 좌절하지 않고 희망의 등불 아래에서 열심히 살겠다는 자신과의 다짐이었다. 은영의 머리 위로 무지개가 뜬다. 빨주노초파남보 일곱 빛깔 무지개가 그런 은영이를 응원하듯 화사하게 피어난다.

지나온 46년이란 시간이 주마등처럼 달봉의 눈앞에 스쳐 지나간다. 길고 긴 시간 46년! 아득하고 아련한 46년!
달봉은 자신의 삶을 되돌아보면서 쓴웃음을 짓는다. 정말 힘들고 고단한 인생이었다. 토할 것 같았던 삶! 가끔 달봉은 자신의 삶이 우웩, 하고 토할 것 같았다. 그만큼 힘에 겨웠다.
가난한 농부의 아들로 태어나서 늘 배고팠던 어린 시절. 밥에 간장을 비벼 먹던 기억, 그 밥마저도 없어서 굶기가 일상이었던 날들. 철도 들기 전에 생활전선에 뛰어들어 고등학교 시절부터 주유소 아르바이트를 했던 기억.
학교를 마치고 오토바이를 타고 주유소에 출근하던 그 길에 쓰레기처럼 나뒹굴던 지독한 삶의 파편들. 매캐한 기름 냄새, 퇴근하고 집에 오면 기름 냄새가 온몸에 배어서 동생들에게 놀림을 받기도 했다.

"오빠 몸에선 기름 냄새가 나. 저리 좀 가."

그렇게 번 돈으로 가족들의 생계를 책임지다시피 했지만 가난한 삶은 나아지질 않았다. 아버지는 늘 아팠다. 폐가 안 좋으셔서 늘 기침을 달고 사셨다. 엄마는 달봉이가 열 살 때 돌아가셔서 기억이 잘 나질 않는다.

"달봉아, 너한테 볼 면목이 없다. 이 애비가 너 고생만 시키고 있구나."

아버지는 늘 달봉이한테 미안해했다.

"괜찮아요, 아버지. 그런 말씀 하지 마세요."

그것은 아버지의 잘못이 아님을 달봉이는 알고 있다. 몸이 안 좋으시니 일을 제대로 못하셔서 그런 것을 누구를 탓하겠는가? 그래서 달봉은 아버지를 이해했다. 달봉이에게는 두 살 어린 쌍둥이 여동생 둘이 있다. 그 동생들의 학비를 벌기 위해서 대학도 포기했다. 고등학교만 졸업하고 화물차 운전을 해서 돈을 벌었다.

하루종일 운전석에 앉아서 운전만 해야 하는 그 일은 정말 당장이라도 그만두고 싶을 만큼 힘겨운 일이었다. 잠자는 시간도 부족해서 늘 머리가 어지러웠다. 빙글빙글 세상이 돌았다.

언젠가는 운전대를 확 틀어버릴까, 라는 나쁜 생각도 들었었다. 하지만 자신만 바라보고 살아가는 아버지와 여동생들을 생각하니 그럴 수가 없었다. 참았다. 아무리 힘들어도 참고, 아무리 아파도 참았다. 그렇게 해서 여동생들 학비를 마련해주었다. 아버지

생활비도 평생 그의 몫이었다.

　여동생들이 학교를 졸업하고 각자 일자리를 구해서 더 이상 달봉이가 도움을 주지 않아도 되었지만 여전히 아버지의 생활비는 달봉이가 부담해야 했다. 그도 어느덧 두 아이의 아빠가 되어서 한 가정의 가장이었기 때문에 아버지를 부양해야 하는 일은 늘 아내와 다툼의 원인이 되었다.

　"언제까지 아버님 생활비를 드려야 해요? 우리 식구 먹고살기도 힘든데."

　"아프시잖아? 내가 아니면 누가 아버지를 도와드려? 여동생들도 살기가 힘들다는데 당신이 조금 너그럽게 봐주면 안 될까?"

　말이 채 끝나기도 전에 아내의 날카로운 목소리가 달봉이의 고막을 파고든다.

　"아니, 왜 나만 맨날 너그럽게 봐주어야 하나요? 당신 여동생들은 자식 아닌가요? 왜 우리만 일방적으로 희생하면서 살아야 하냐구요?"

　치킨집을 같이 운영하던 아내는 늘 그렇게 불평을 했다. 명절 때도 아내는 시댁에 내려가지 않았다. 아프다던가, 바쁘다던가 하면서 그렇게 아버지를 외면했다. 하지만 달봉이는 그 역시도 이해했다. 아내 입장에서는 그럴 만한 것이다. 다 내 탓이다, 라고 생각했다.

　그런데 최근에는 치킨집 매출이 절반으로 뚝 떨어졌다. 아내와 둘이서 운영해서 인건비는 들지 않지만 재료비도 작년에 비해 50프로 이상 올랐고, 임대료도 두 배로 올랐다. 이번 달에는 임대료 낼 돈도 벌지 못했다. 아내의 얼굴에 먹구름이 가득하다.

"우리 이제 어떻게 살아요? 다 당신 때문이에요. 맨날 아버지, 아버지 하면서 우리 가족 생각보다는 아버님 생각만 하니까 치킨집도 이 모양으로 망한 거라구요."

아내의 목소리에는 달봉이에 대한 원망이 가득했다. 그 말은 달봉이의 심장을 아프게 했다. 그래도 사랑하는 사람인데 이렇게까지 나에게 하는 아내가 서운했다.

"당신하고 더 이상 못 살겠어요. 당분간 별거해요. 난 아이들하고 친정으로 갈 거니까 당신 혼자 치킨집을 하던지, 말던지 알아서 해요."

말릴 새도 없이 아내는 짐을 싸서 아이들을 데리고 집을 나가버렸다. 그렇게 달봉이는 혼자 덩그러니 남겨지고 만 것이다. 그 기분은 마치 번잡한 시장에서 엄마의 손을 놓친 아이의 심정이었다. 아내를 잃는다는 건 달봉이에게 엄마의 손을 놓친 것처럼 커다란 충격이었다. 작은 치킨집을 운영하면서 아내에게 심리적으로 많이 의지했기 때문이다. 그래도 나름대로 열심히 살아왔는데 아내는 자신을 버리고 떠나버렸다.

"여보, 미안해. 못난 나 만나서 고생만 하고 갔구나."

달봉이는 떠난 아내에게 혼자서 사과해본다. 미안하기도 하고, 보고 싶기도 하고, 아이들의 얼굴이 자꾸만 떠오른다.

이젠 다시는 못 볼 것 같은 두 아들들. 내세울 것 없는 자신을 아빠라고 부르면서 따르던 핏덩이들을 다시 못 볼 것을 생각하니 목구멍이 꽉 막혀온다. 이 증상은 달봉이가 슬퍼질 때 나타나는 증상이다. 목구멍이 갑자기 시큰거리고 부어오른 듯하면서 숨쉬기가 힘들어진다.

그럴 때 진정하지 않으면 죽을 수도 있다. 그런데 달봉이는 지금 그냥 진정하지 않고 싶어진다.

'이대로 그냥 목구멍이 다 막혀버리면 그냥 다 잊고 가는 거야.'

술도 못 마시기 때문에 취할 수도 없는 달봉이지만 이 순간만큼은 술 한 잔이라도 마셔서 취하고 싶은 심정이다.

벽에 걸린 기름때가 까맣게 낀 파란색 시계를 본다. 정확히 밤 11시다. 이 시간이면 지금 닭들을 열심히 튀기고 있을 시간인데 오늘 손님이 거의 없다. 오늘 영업은 여기까지 해야겠다. 사실 손님이 온다고 해도 치킨을 만들 힘도 없다. 온몸의 기운이 다 빠져나간 것 같다. 바람 빠진 풍선처럼 흐물흐물하다.

겨우 끌어모은 힘으로 가게 셔터를 내리고 집으로 향한다. 그리고 결심한다.

'내일 난 이 고단한 세상과 작별해야겠다.'

그런 결심을 한다는 것 자체가 가슴 아프지만 어쩔 수 없다고 달봉은 생각한다.

'내일이면 다 끝나. 이 죽을 만큼 힘겨운 고통과 외로움 다 끝나. 나 하나 없어진다고 누가 알기나 하겠어? 나 없어도 세상은 멀쩡히 잘 돌아갈 거야. 나 같은 티끌 같은 존재 하나가 사라진다고 해서 울어줄 사람도 없을 거야. 아 참, 아버지, 아버지 죄송합니다.'

아버지를 떠올리니 달봉이의 눈에서 구슬 같은 눈물방울이 툭 떨어진다. 웬만해서는 잘 울지 않는 달봉이다. 몇 십 년 만에 처음으로 눈물이 나온다. 내일이 생애 마지막 날이라고 생각하니 눈물이 나는 것이다. 이 눈물의 의미는 뭘까? 생에 대한 애착인가? 회한인가? 아무리 생각해도 눈물의 의미를 모르겠다.

'울긴 왜 우냐? 사나이답지 못하게 내일 사나이답게 멋지게 이 세상에서 퇴장하자. 달봉아.'

그렇게 자신에게 말하는데 왜 자꾸 바보처럼 눈물이 떨어지는지 모르겠다. 아내도 없고, 아이들도 없는 집 안은 적막하다 못해 무섭다. 혼자 앉아서 텔레비전을 틀어본다. 뉴스를 보는데 요즘 자영업자들이 힘들다는 인터뷰가 나온다. 60대 후반처럼 보이는 인터뷰를 하는 남자가 마치 자신처럼 보인다.

"요즘 많이 힘듭니다. 코로나 때도 근근이 버텨왔는데 요즘은 그때보다 더 힘들어요."

그 말은 달봉이가 하고 싶은 말이다. 자신과 똑같은 처지의 사람이 있다는 사실이 더 슬프다. 한때는 치킨집을 해서 돈을 많이 벌기도 했다. 그런데 이젠 치킨집이 너무 많이 늘었고, 치킨값도 오르고, 원재료비도 오르고, 모든 게 오르면서 망하는 치킨집이 한둘이 아니다. 망하는 치킨집에 달봉이의 치킨집도 속하게 된 상황이다.

치킨집만 망한 게 아니다. 가정도 망했다. 달봉이의 가정은 산산조각이 나고 만 것이다. 아내와 아이들과 생이별을 하게 된 달봉은 이제 어둠의 터널에 꼼짝없이 갇힌 신세다. 푸드덕 박쥐들이 날아다니고, 컴컴한 어둠만 가득한 인생의 터널에 갇힌 달봉이가 삶을 포기하기로 한다.

'엄마, 나 엄마한테 갈게요. 내일이요. 내일 머리도 자르고 좋은 옷 입고 엄마한테 갈 거예요. 기다리세요. 엄마, 보고 싶어요.'

울면서 달봉이는 엄마를 부른다.

'엄마, 엄마, 엄마!'

부르고 싶어도 부를 수 없었던 얼굴조차 가물가물한 엄마를 불러본다. 내일이면 편안하게 엄마한테 갈 것을 생각하니 졸음이 조금씩 쏟아진다.

거실 바닥에 큰 대자로 털썩 드러누운다. 모든 것을 포기한 자의 자태다. 누운 채 허탈한 표정으로 천장을 바라보니 스르르 잠이 들 것만 같다. 그런데 좀처럼 잠이 오질 않는다. 이상한 일이다. 곧 잠이 올 것만 같은데 잠은 오질 않는다. 불을 켜놓아서 그런가 해서 불을 끈다. 그런데 불을 꺼도 잠이 오질 않는다. 텔레비전을 안 꺼서 그런가 해서 텔레비전마저 끈다. 그런데 텔레비전을 껐는데 더 잠이 오질 않는다. 잠이 오기는커녕 오히려 정신이 말짱해진다.

'왜 이렇게 잠이 안 오는 거지? 잠을 자야 내일 엄마한테 갈 수 있는데……'

그렇게 달봉이는 꼬박 밤을 새웠다. 계속 누워 있었지만 정신이 점점 또렷해졌다. 계속 잠을 자고 싶었지만 계속 잠은 오질 않았다. 그건 고문 같았다. 자고 싶은데 잘 수가 없는 고문을 밤새도록 받은 것 같았다. 자포자기한 심정으로 그냥 캄캄한 어둠 속에서 누워 있다 보니 어느새 아침이 되고 말았다.

'벌써 아침이 되었네. 드디어 운명의 날이 왔구나.'

밤을 새워서인지 머리가 띵하다. 달봉은 난생처음 잠을 자질 못했다. 너무 긴장해서인 것 같다고 생각한다. 사람이 너무 긴장하면 잠이 오질 않는다는 말을 어디선가 들은 기억이 있다.

"뭘 긴장하냐? 최달봉, 뭐가 두려워? 누구나 가는 길인데 오늘 기쁘게 그냥 이 세상에서 퇴장하자. 미용실에 가서 깔끔하게 머리도 자르고."

아직 미용실 문을 열 시간은 아니다. 오전 7시다. 달봉이는 냉장고에서 우유를 꺼냈다. 그리고 찬장에서 시리얼을 꺼냈다. 간단하게 우유에 시리얼을 말아서 먹는다. 아침은 거의 이걸로 해결했었다. 아내는 아침밥은 차려주지 않았다. 늦게까지 잠을 자느라 그럴 시간이 없었다. 점심도 거의 달봉이가 만들었다. 저녁은 간단하게 빵으로 때웠다. 결국 아내가 달봉이에게 밥을 차려준 건 몇 번 되질 않은 셈이다.

"당신은 꼭 밥을 먹어야만 해? 난 다이어트해야 하니까 혼자 먹어."

46킬로그램인 아내는 늘 다이어트를 하느라 밥을 잘 먹지 않았다. 그런 형편이니 달봉이는 혼자서 끼니를 때우기 일쑤였다.

억지로 입속에 시리얼을 떠넣는다.

'마지막 식사인데 그래도 맛있게 먹어라, 달봉아.'

스스로에게 말해본다. 그런데 맛은 고사하고 아무런 감촉이 없다. 무언가를 넣긴 하는데 아무것도 입안에선 느껴지질 않는 것이다. 그렇게 몇 숟가락을 겨우 뜨다가 숟가락을 내려놓고 말았다. 도저히 더 이상 못 먹겠다. 그래도 마지막 식사였는데 자신에게 미안해졌다.

'미안해, 달봉아. 맛있는 걸 너한테 주었어야 하는데 날 용서해라. 너의 주인이 되어서 한 번도 널 행복하게 만들어주질 못했구나. 정말 미안하다, 달봉아.'

크 하면서 달봉이가 울음을 터뜨린다. 장마철에 제방이 무너지듯 확 터진 울음은 이제 통곡이 되었다. 한참을 울었더니 눈이 퉁퉁 부었다. 얼굴도 다른 사람처럼 부풀어 올랐다. 괴물 같았다. 요즘 몸이 조금 좋지 않은데 울었더니 더 몸 상태가 안 좋아진 것 같다.

'어차피 오늘이면 사라질 몸.'

울음을 그치고 욕실 거울 앞에 서서 자신을 바라본다. 자아 성찰을 하듯이 꼼꼼히 이곳저곳을 바라본다. 푹 패인 광대뼈, 움푹 들어간 눈, 하얗게 새어버린 머리칼, 총기라고는 찾아볼 수 없는 눈동자, 그리고 파랗게 질린 입술. 그 입술이 뭔가를 말한다.

'지금까지 살아온 것도 기적이야. 46년을 살아온 너 참 기특하다. 어떻게 견뎌왔니? 네가 자랑스럽구나. 늙고 볼품없는 네 모습이지만 그래도 수고했다고 마지막으로 말해줄게. 수고했다, 달봉아. 한평생 무거운 가장이라는 짐을 지고 살아오느라.'

그리고 자기 자신의 어깨를 토닥거렸다. 그런데 왜 이렇게 서러운지 모르겠다. 오늘은 엄마에게 가는 날인데 웃으면서 가고 싶은데, 찌질이처럼 눈물만 펑펑 흘리는 자신이 참 가엾다.

대충 세수를 한다. 원래 얼굴이라는 것은 사람들에게 보여주기 위한 것이 아니라 그냥 눈과 코와 입과 귀가 잘 기능만 하면 된다는 생각에 평소에도 얼굴에 신경을 쓰지 않는 달봉이다. 하지만 오늘은 세수를 하고 로션을 발라준다. 아주 정성스러운 손길로 발라준다.

'엄마, 나 오늘 멋지게 꾸미고 엄마한테 가려고.'

횡하니 바람 소리가 창밖에서 들린다. 오래된 연립주택의 창문이 바람에 덜컹거린다. 바람 부는 날에 집에 있으면 을씨년스럽기까지 하다. 이 집은 언제 무너질지 모른다는 불안감마저도 들었었다. 이제 정든 이 집과도 작별이다. 정이란 게 무섭다. 집에도 정이 드는 모양이다. 녹슨 베란다 난간에 서서 집 안을 둘러본다.

"아빠, 던져!"

9살짜리 큰아들이 신문지로 만들어준 공을 가지고 와 달봉이에게 건네주면서 말한다. 작은아들도 아빠 맞은편에서 아빠가 던져줄 신문지 공을 기다리고 있다. 초롱초롱한 눈망울의 두 아이들은 어느 야구 선수들 못지않게 진지하다.

"자, 오른쪽으로 던질게. 받아라."

"에이, 아빠, 그렇게 어느 쪽으로 던진다고 말하지 말고 그냥 던져야 재밌지."

큰아들이 웃으면서 말한다. 아이의 얼굴에 즐거움이 가득하다. 신문지 공을 던져주자 두 아이들이 멋지게 다이빙을 하면서 서로 공을 주우려 한다.

"형아가 밀었어요. 아앙."

여섯 살짜리 둘째 아들이 그만 울음을 터뜨리고 만다. 달봉은 어쩔 줄 몰라 하면서 둘째 아들을 안아준다.

"우리 아들 많이 아퍼? 아빠가 호오~ 해줄게."

그렇게 아빠와 두 아들이 신문지 공을 가지고 놀던 풍경이 잔상처럼 거실에 둥둥 떠다닌다. 신문지 공을 주고받으면서 깔깔거리며 웃는 두 아들의 모습에 달봉은 자기도 모르게 미소가 지어진다. 그게 벌써 십여 년 전이라니.

더 이상 이곳에 젊은 아빠도 없고, 귀여운 두 아들도 없다. 다만 삶에 지치고 인생을 포기하겠다고 선언한 중늙은이 한 명이 있을 뿐이다.

넋이 나간 것 같은 달봉이가 허탈하게 웃는다.

'다 지나버린 과거일 뿐이야.'

그렇게 거실을 한참 바라보다가 담배 한 개비를 꺼내서 입에 문다. 베란다 너머로 보이는 길거리에 사람들이 종종거리면서 걷는다. 겨울 추위에 바짝 오그라든 가로수 아래에 사람들이 어디론가 바삐 걸어간다. 저 사람들은 오늘 행복할까? 문득 그런 생각이 든다.

"제발 담배 좀 피우지 마. 냄새나서 죽겠어."

담배에 예민한 아내가 그렇게 잔소리를 할 때 달봉이는 짜증이 났었다.

"내가 자주 피는 것도 아니고 하루에 한두 개비 베란다에 나와서 피는데 당신 좀 너무하는 거 아냐?"

"아이들도 있는데 담배 냄새가 얼마나 지독한지 알아? 당신은 이기주의자야."

끊고 싶어도 끊기가 어려운데 아내는 달봉이의 심정을 너무 몰라주었다. 사실 달봉이는 금연 시도를 아내 몰래 몇 번 했었다. 하지만 담배를 피우지 않으면 손이 떨리고, 심장이 두근거리고, 도대체 살 수가 없었다. 줄이고 줄여서 하루에 한두 개비 피우는데 그것마저도 성질을 내니 힘들었다.

"나도 끊으려고 노력도 했었어. 나 좀 이해해줘. 담배라도 피워야 스트레스가 해소된단 말야."

달봉이는 생애 마지막 담배를 피우는 중이다. 이 담배가 아내와 아이들을 괴롭게 했구나 싶으니까 다시 아내에게 미안해진다. 하얗게 피어나는 담배 연기에 아내와 아이들에 대한 미안함을 태워 보낸다.

시계를 보니 어느덧 9시가 되었다. 헤라 미용실이 문을 열 시간이다. 헤라 미용실은 달봉이의 단골미용실이다. 작년부터 새로운 미용사가 왔는데 그 미용사에게 머리를 하면 마음도 편해지고 머리도 잘 나왔다. 그래서 단골 미용사를 찾아가려고 일부러 헤라 미용실에 가는 것이다.

"헤라 미용실이죠? 저 최달봉인데요. 있다가 오전 11시쯤 머리를 자르러 가려고 합니다. 네, 전 박은영 미용사님에게 자르고 싶어요."

"알겠습니다, 고객님. 11시에 들러주세요."

헤라 미용실 원장이 친절하게 전화를 받는다. 헤라 미용실의 박은영 미용사는 유능한 미용사로 요즘 인기가 많다. 머리카락도 잘 자르고, 무엇보다 친절하고 사람을 마음 편하게 만들어준다. 그래서 달봉이는 박은영 미용사에게 머리를 맡긴다. 아직 11시가 되기에는 이른 시간이다.

달봉이가 고른 옷은 결혼식 때 입었던 검은색 양복이다. 너무 오래되었지만 달봉이의 옷 중에서 가장 깔끔하고 좋은 양복이 이것뿐이다. 달봉은 양복을 차려입고 거실에 있는 전신거울에 자신을 비춰본다.

'이게 나라고?'

정말 엄청 변해버린 달봉이가 거울 속에서 머쓱하게 웃고 있다. 이십여 년 전에 푸릇한 새신랑은 어디에도 없다. 같은 옷인데 안에 내용물만 누군가 바꿔치기한 것 같다. 그래도 자신을 사랑하기로 한다.

'그래, 이게 나지. 주름지고 나이 들었어도 넌 최달봉 맞다.'

그렇게 자신을 인정해주니 아까보다는 조금 잘생겨 보인다. 언제나 턱이 조금만 짧았으면 좋겠다고 생각한 얼굴인데 오늘은 턱도 조금 짧아 보인다. 아마 뭘 제대로 못 먹고, 잠도 제대로 못 자서 살이 빠진 덕분일 것이다. 그렇게 거울 앞에서 어정쩡하게 20여 분을 서 있었다.

전신거울 앞에서 제자리걸음을 하면서 집 안 구석구석을 훑어보았다. 아내와 이 집을 처음 장만할 때 걸어둔 결혼사진이 들어있는 액자가 아직도 그대로다. 썩 그리 행복해 보이지 않는 남자와 여자가 어색하게 포즈를 취하고 있다. 아내와의 결혼은 그랬다. 서로가 별로 서로를 좋아하지는 않았지만 결혼이 필요해서 한 것이다. 그래도 달봉은 결혼 후에는 아내를 사랑하기 위해서 노력했다.

"우리는 왜 결혼했을까? 내가 다시 아가씨 때로 돌아간다면 그냥 혼자 살 것 같아."

아내의 이런 말은 달봉의 그런 노력을 허무하게 만들어주었었다. 두 사람은 어떤 좁힐 수 없는 간극을 지닌 사이였다. 서로가 그것을 너무나 잘 알고 있었다. 그래도 달봉은 아내를 사랑하기 위해 노력했다고 생각한다.

10시가 되었다. 헤라 미용실까지 걸어가려면 지금 집을 나서야 한다. 안방 문을 닫으려는데 다시 눈물이 난다. 그래도 아내와 즐거웠던 시절이 아주 없지는 않았다. 저 안방에서 아내와 같이 잠들고 깨어나지 않았던가? 사이가 썩 친밀하지는 않았지만 두 사람은 각방을 쓰질 않았다. 아내는 혼자 잠드는 걸 무서워하는 사람이었다. 항상 같이 잠들었다. 그런데 며칠 전 처음으로 달봉이는 아내 없이 홀로 잠들었다.

'있을 땐 몰랐는데 당신이 없으니까 정말 허전하구나.'

아내의 부재는 그에게 큰 상처로 다가왔다. 그래서인지 삶에 대한 미련이 더 없어진 것만 같다. 아내에게 버림받았다는 자괴감도 오늘 선택에 큰 영향을 끼쳤다. 아내가 끝까지 함께해 주었다면 어떻게든 버텨냈을 것만 같다.

안방 문을 꼼꼼하게 닫는다. 다시는 이 방에 올 사람이 없을 거야, 라는 생각에 가슴이 아프다. 아이들이 생활하던 작은방에 들어가 본다. 이제 성장한 두 아들은 아빠를 그리 필요로 하지 않았다. 하지만 아이들 방에는 두 아들의 체취가 남아있다. 쿵쿵거리면서 달봉이는 아들들의 체취를 맡는다.

'성호야, 성준아, 아빠 먼저 외할머니 곁으로 가 있을게. 너희들은 건강하고 행복한 인생 살아라. 사랑한다, 내 아들아.'

아들들에게도 마지막 인사를 한 달봉이가 작은 방문을 가만히 닫는다. 영원히 열 수 없는 문이 되어버린 것 같은 작은 방문! 그 방문 앞에서 떨리는 몸을 간신히 세우고 두 눈을 감았다.

'떠날 사람은 떠나야지. 잘 있어라, 나의 집아. 그동안 고마웠다.'

집을 나서면서 달봉이는 집에게 인사를 한다. 정들었던 집이니까 나를 품어주었던 집이니까 이렇게 인사라도 하고 싶어졌다.

헤라 미용실에는 손님들이 꽤 많았다. 누군가는 파마를 하고,

누군가는 염색을 하고, 규모가 꽤 큰 미용실이라 여러 명의 미용사들이 손님들의 머리를 매만지고 있었다. 달봉이가 이곳에 도착한 시간은 10시 55분이다. 달봉이는 시간약속을 매우 중요하게 생각한다. 그래서 한 번도 약속 시간에 늦어본 적이 없다.

"달봉 씨 오셨어요?"

싱그럽게 웃으면서 은영이가 달봉을 맞이한다. 달봉이는 몇 달 전부터 은영이의 단골이 되었다. 뭔가 우수에 찬 그는 말수가 별로 없고, 늘 기운이 없어 보였다. 그래서 은영은 더 밝게 웃으면서 달봉이를 대하곤 했다. 자신의 밝은 에너지를 달봉에게 전해주고 싶었기 때문이다.

"머리를 최대한 짧게 깎아주세요."

"네, 어머 그런데 새신랑같이 옷을 입으셨네요? 십 년은 젊어 보이세요."

은영이가 말쑥하게 양복을 차려입고 온 달봉이를 보고 놀라워했다. 그도 그럴 것이 달봉이가 미용실에 올 때 입는 옷은 늘 회색 점퍼와 검정색 바지였던 것이다. 항상 똑같은 옷차림을 하고 나타났던 달봉이가 오늘은 깨끗한 양복을 입고 나타나니 놀라지 않을 수 없다.

"은영 씨, 나 오늘 이게 마지막 이발이에요. 은영 씨만 알고 계세요."

들릴 듯 말 듯한 목소리로 달봉이가 한 말을 들은 은영이가 깜짝 놀란다. 그리고 목소리를 낮추어서 묻는다.

"무슨 말씀이세요? 오늘이 마지막이라니요? 혹시 나쁜 마음 품고 있으신 건 아니죠?"

은영이가 가위를 들려다 말고 걱정스럽게 달봉이를 바라본다. 이 남자 오늘 좀 이상하다. 유난히 창백하고 뭔가를 체념한 듯한 표정이다.

'이 표정, 저 얼굴빛! 그래 몇 년 전의 내 모습이야.'

은영은 백 작가를 만나러 가기 전 자신의 모습에서 달봉이의 모습이 겹쳐진다.

"아닙니다. 그냥 헛소리를 해본 거네요."

아차 싶었던 달봉이가 자신의 말을 부정해본다. 하지만 이미 은영이는 눈치채고 말았다. 은영은 더 이상 질문하지 않고 가위로 달봉이의 머리를 자른다. 싹둑싹둑 가위질 소리가 오늘따라 유난히 크게 들린다.

주위의 사람들은 웃고 떠드는데 은영과 달봉이만 고요 속에 존재하는 것 같다. 두 사람은 아무 말도 하지 않고, 한 사람은 가위질을 하고, 한 사람은 두 눈을 질끈 감고 뭔가를 생각하고 있었다.

"달봉 씨, 양평에 가면 꿈꾸는 분식집이 있어요. 그곳에 가셔서 백 작가님을 만나보세요. 오늘이요. 오늘 꼭 가보세요. 다른 곳에 가지 마시고 이곳에 가보세요."

은영이가 머리를 다 자른 후에 달봉이에게 작은 목소리로 말한다. 그리고 메모지 한 장을 준다.

"제가 그곳 주소랑 주문방법이랑 다 적어놓았어요. 저도 예전에 힘들고 괴로워서 견딜 수가 없었어요. 그런데 지인분이 소개해 준 꿈꾸는 분식집에 가서 백 작가님을 만나고 왔더니 삶의 희망이 생겼어요. 그분이 용기를 주시고, 위로를 주셨기 때문이에요."

"전 오늘 사실 마지막 선택을 할 생각이었어요. 은영 씨가 말해주시는 백 작가님이 궁금하네요. 정말 제가 다시 살아갈 희망을 얻을 수 있을까요? 지금 이렇게 다 죽어가는데……."

절망적인 표정과 목소리로 달봉이가 말한다. 그의 어깨는 축 처져 있다. 짧은 머리의 달봉이는 더 야위어 보인다. 그래서 더 측은하다. 은영은 그런 달봉이를 어떻게든 그곳으로 보내고 싶다.

"제가 부탁드릴게요. 오늘 다른 곳에 가지 마시고 얼른 양평으로 가세요. 꿈꾸는 분식집에 가세요. 가셔서 백 작가님을 꼭 만나보세요."

"은영 씨의 부탁인데 가볼게요. 마음 써주어서 고마워요."

달봉이는 계산을 하고 헤라 미용실을 나섰다. 그런 달봉이를 은영이가 매우 걱정스러운 표정으로 배웅한다.

"달봉 씨, 따뜻한 커피 한 잔 드세요. 그리고 힘내세요. 제가 그곳에 가서 새 삶을 얻은 것처럼 달봉 씨도 그곳에 다녀오시면 새롭게 변화되실 거예요. 꼭 가보셔야 해요."

신신당부하는 은영이에게 고맙다고 다시 한번 인사를 한 달봉이가 고개를 갸우뚱하면서 터미널로 향한다.

'정말 그렇게 될 수 있을까? 내가 새로운 삶을 살 수 있을까? 희망을 얻고 위로를 받을 수 있을까? 도대체 백 작가란 사람은 누구길래 그런 일을 할 수 있단 말이지? 궁금하긴 하다.'

달봉은 은영이 준 메모지를 열어보았다. 주소와 주문방법이 자세하고도 친절하게 적혀있었다. 문득 은영이가 고맙다는 생각이 들었다. 자신이 뭐 해준 것도 없는데 이렇게 길 하나를 열어 보여주는 사람. 그 길이 어떤 길인지는 알 수 없다. 백 작가님이 계시다는 꿈꾸는 분식집.

'분식집이라니? 작가가 분식집을 한다고? 가볼까? 에이~ 가서 뭐 해? 아니야, 한번 가보자.'

한참을 갈까 말까 망설이던 달봉은 결론을 내렸다.

'어차피 오늘이 생애 마지막 날이라면 마지막으로 한 번 그곳에 가보자. 가서 나도 꿈꾸는 분식집에서 백 작가님을 만나보자. 은영 씨가 그랬잖아? 그곳에 다녀오니까 새 삶이 시작되었다고. 그래, 죽기 전에 그곳에 한 번 다녀오자.'

그렇게 결정을 내리고 나니 뭔가 마음이 후련했다. 갈등을 한참 했더니 이상하게 배가 고팠다. 아침에 우유에 시리얼을 말아서 세 숟가락 먹었더니 뱃속에서 꼬르륵 소리가 요란하다.

원래 일정상으로 달봉은 지금쯤 마포대교로 향하는 버스를 타야 했다. 뉴스에서 보니 그곳이 사람들의 자살 시도가 가장 많았다고 했다. 마지막 가는 길 외롭지는 않겠다 싶어서 마포대교로 가려고 했던 것이다.

그런데 지금 달봉은 은영이의 부탁으로 엉뚱한 양평으로 가기 위해 전철을 타고 있다. 미용실에 들어가기 전까지도 자신이 양평에 가리라고는 생각도 못했었다. 꼬르륵 배꼽시계가 요란하다. 달봉은 배고픔을 참는다. 그곳에 가서 먹고 싶은 것이 있기 때문이다. 그것은 김밥이다.

아버지는 가끔 그에게 김밥을 만들어주셨다. 그 김밥은 내용물은 매우 빈약했지만 달봉에게 최고의 음식이었다. 단무지와 소시지만 달랑 들어간 김밥을 여동생들과 나누어 먹었던 기억이 아직도 선명하다.

"아빠, 김밥 맛있어요. 자주 먹고 싶어요."

이렇게 여동생이 말하면 아버지는 이렇게 대답하셨다.

"그래, 자주 해줄게. 아빠가 몸이 안 좋아서 자주 못해줘서 미안하다."

콜록거리면서 아버지는 정작 김밥을 먹지는 않으셨다. 그 모습이 속상한 달봉이가 말했다.

"아버지, 같이 드세요."

"아니다. 난 너희들이 배불리 먹는 것만 봐도 좋아. 난 김밥 별로 안 좋아해."

그래서 달봉이와 동생들은 아버지가 김밥을 별로 안 좋아하시는 줄 알았다. 그런데 그것이 아버지의 선한 거짓말이었던 걸 알게 된 건 최근이었다. 얼마 전 아버지 생일 때 여동생이 김밥을 사왔다. 양을 넉넉하게 사와서 한 사람 앞에 세 줄은 먹고도 남을 양이었다.

"오빠가 김밥을 좋아했던 옛날 기억이 나서 사왔어."

달순이가 그렇게 말하자 아버지가 미소를 지으신다.

"맞아, 우리 달봉이가 김밥을 무척 좋아했지."

"야, 넌 어떻게 수십 년 전에 일을 다 기억하니? 고맙다, 달순아."

달봉이가 기특하다는 듯이 다 큰 여동생의 머리통을 쓰다듬어 준다.

"아잉. 오빤 내가 강아지야? 머리를 쓰담 쓰담하게. 하하하."

그렇게 웃으면서 김밥을 먹는데 아버지도 김밥을 맛있게 드시는 것이었다.

"어머! 아빠도 김밥을 좋아하시네? 진짜 잘 드시는구만. 옛날

엔 안 좋아하신다고 했는데."

막내 여동생이 아버지가 김밥을 먹는 모습을 보고 놀라워한다. 김밥을 좋아하지만 가난한 형편에 재료비도 없어서 자식들만 먹이려고 하신 아버지의 사랑을 이제야 알게 되었던 것이다. 분위기가 갑자기 숙연해졌다. 그러자 아버지가 일부러 웃으신다.

"얘들아, 괜찮아. 아빠는 예전엔 김밥 안 좋아했는데 이제 나이 먹어서 김밥 맛을 알게 된 거야. 미안해하지 마."

그런 아버지가 지금은 귀도 잘 안 들리시고, 눈도 나빠지고, 기억력도 흐릿해지셨다. 자식들도 잘 몰라보기도 한다. 초기 치매가 온 것이다. 아직 초기라서 괜찮지만 앞으로 어떻게 될지 모른다. 달봉은 아버지 생각에 다시 눈가가 뜨거워진다.

'아픈 아버지를 남겨두고 먼저 이 세상을 등지려고 한 나는 못된 자식이구나.'

그때 휴대폰이 울렸다. 아버지였다. 달봉은 그 전화를 받고 싶지 않다. 그래서 한참 동안 휴대폰이 울리도록 내버려둔다. 하지만 전화는 계속 이어진다.

"여보세요? 네, 아버지."

"달봉아, 너 괜찮냐?"

"왜요? 갑자기 무슨 말씀이세요?"

"내가 어젯밤에 꿈을 꾸었는데 니가 멀리 여행을 간다고 하더라고. 울면서."

그 말을 듣자 달봉이는 조금 놀란다. 어떻게 그런 꿈을 꾸신 걸까? 아버지니까 자식과 무슨 텔레파시라도 통하는 걸까? 아버지 앞에서 약한 모습 보인 적 없는데 그런 꿈까지 꾸시고, 걱정되어서 전화까지 한 아버지가 한없이 감사하다. 이런 비겁한 자식도 걱정하시는 아버지! 치매 걸린 아버지 버리고 제 한 몸 편하자고 이승을 뜨려고 하는 아들인데……. 달봉이는 마음이 시려 온다.

"아버지, 저 괜찮아요. 아무 일 없이 잘 지내요. 아버지, 건강 잘 챙기세요. 전 밥 잘 먹고, 치킨집도 잘 되고, 집사람도 잘해주어서 잘 지내요. 아이들도 건강히 잘 지내요."

"오냐, 내 아들. 다행이다. 좋은 하루 보내라, 달봉아."

아버지는 그제야 안심을 하시고 전화를 끊는다.

'다 거짓말인데 그것도 모르시고.'

달봉이는 자신이 불효자라고 생각한다.

'밥도 잘 못 먹고, 치킨집도 잘 안 되고, 집사람도 잘 안 해주고, 심지어 버리고, 아이들도 떠나고 아무도 없는데 왜 그런 거짓말을 한 거지? 내가 만약 거짓말을 하지 않고 사실대로 이렇게 말했다면 어떻게 되었을까?'

"아버지, 저 지금 죽고 싶어요. 사실은요. 치킨집이 폐업 직전이구요. 집사람은 애들 데리고 친정으로 가버렸어요. 은행에서 대출받은 돈도 갚을 길이 막막합니다. 가겟세도 못 내게 생겼어요. 저란 놈은 이제 잊으세요. 전 엄마 곁으로 갈렵니다."

이렇게 사실 그대로를 말했다면 아버지는 아마 기절하셨을 것이다.

"아버지, 죄송해요. 못난 자식이 걱정을 끼쳐드려서."

버스 뒷자석에 앉아 창밖을 바라보면서 달봉이가 말한다. 그 말은 혼자만 들을 수 있을 만큼 작은 소리다. 버스 안에는 오늘따라 사람들이 많이 타고 있다. 토요일이라서 그런지 양평에서 청운면으로 가는 버스에는 사람들이 꽤 있다. 벌써 버스는 용두리 버스정류장에 다다르고 있다. 작은 시내는 그야말로 작다. 버스정류장은 겨우 이곳이 버스정류장임을 증명하고 있었다.

그런데 맞은편에 도서관이 있는 게 색다르게 보였다. 작은 도서관이라는 도서관은 한 번쯤 가보고 싶어지는 매력을 지녔다.

'백 작가님이 사시는 동네라 그런지 도서관도 있고 괜찮은 것 같다.'

달봉이는 그렇게 생각하면서 버스에서 내려 길을 걸어간다. 그런데 길 맞은편에 택시가 보인다. 택시를 타고 가면 편하게 갈 수 있을 것 같다. 달봉이가 택시에게 다가간다.

"어디 가실 건가요?"

"저 여물리에 꿈꾸는 분식집이라고 있다는데 이곳에 가고 싶어요."

그러면서 은영이가 그려준 지도를 보여준다. 기사가 그것을 보더니 빙긋 웃는다. 뭔가를 알고 있는 사람같이 의미심장한 웃음이다.

"아, 백 작가님 만나러 가시는군요."

"백 작가님을 아세요?"

"그럼요. 많은 분들이 그분을 만나러 가고 싶어 하죠."

"네, 저도 그래요. 오늘 꼭 그분을 만나야만 해요."

"오늘 꼭이요?"

"네, 오늘 꼭이요. 내일이면 늦어요. 얼른 그곳으로 절 데려다주세요."

"근데 손님, 죄송해서 어쩌죠. 그곳은 택시로는 못 가요."

"네? 아니 왜 택시로 못 가나요?"

"꿈꾸는 분식집에서는 터미널에서 분식집까지 걸어오는 분들만 손님으로 맞이한대요. 그래서 수많은 분들이 자가용을 타고 와도 이곳에서부터 걸어서 그곳으로 간답니다."

"아, 그렇군요. 전 그걸 몰랐습니다. 그럼 내려서 걸어갈게요. 알려주셔서 감사합니다."

"천만에요. 잘 다녀가세요."

택시기사가 상냥하게 인사를 한다. 그는 이미 수많은 이들에게 이 말을 한 것 같았다. 그만큼 꿈꾸는 분식집을 찾아온 사람들이 많았던 까닭이리라. 달봉이는 갑자기 불안해졌다.

'혹시 많은 사람들로 인해서 백 작가님을 못 만나면 어쩌지? 그분 너무 유명해서 나 같은 건 쳐다도 안 보시는 것 아닐까? 멀리서 왔는데…….'

달봉이는 이렇게 하기로 한다. 만약 하나라도 백 작가님을 못 만난다면 오늘 밤에 반드시 마포대교로 가겠다고. 이건 자신과의 약속이다. 더 이상 아득바득 구차하게 살고 싶지 않다. 정말 오늘이 마지막 날인데 지금 은영 씨가 부탁해서 이곳에 온 것이다. 그건 은영 씨에 대한 예의다. 그렇게 간절히 부탁하는데 안 들어줄 수가 없었다.

그런데 궁금한 게 있다. 왜 백 작가님은 그곳에 오는 사람들에게 걷기를 원한 걸까? 걸어가야만 하는 이유가 있을까? 그것에 대한 답은 얼마 걷지 않고서 얻을 수 있었다. 가슴이 탁 트이는 강가의 풍경이 그를 반겨주었기 때문이다.

'야, 정말 예쁘다.'

남자인 달봉이가 뭔가를 보면서 예쁘더라고 감탄한 것은 드문

일이다. 그것이 사람도 아니고 더구나 풍경일 때는 더 희박한 일이다. 3월의 싱그러움이 가득한 강가의 풍경이 그를 반겨준다. 그러나 풍경이 주는 즐거움도 잠시, 달봉은 다시 침울한 기분에 휩싸인다. 기운이 없다. 걸어갈 힘이 없다. 그때 다리 건너에 있는 정자가 마침 눈에 보였다.

"아저씨!"

정자를 보고 그곳으로 발걸음을 옮기고 있는데 앳된 소녀의 목소리가 들린다. 뒤를 돌아보니 아홉 살 정도 되어 보이는 소녀가 서 있었다. 달봉은 그 소녀를 보자 아들들의 어린 시절이 떠올라 저절로 미소가 지어진다.

"왜 그러니?"

"아저씨, 제가 커서 화가가 되고 싶은데요. 요즘 초상화 그리는 걸 연습하고 있거든요. 잠시만 제 모델이 되어주실래요?"

"꿈이 화가야? 대단하다. 벌써 꿈도 있고. 그래 내가 모델이 되어줄게."

달봉이는 소녀가 무척 기특했다. 자신이 아홉 살 때는 꿈은 고사하고 어떻게 하면 맛있는 거나 더 먹을 수 있을까, 어떻게 하면 여자아이들을 놀려줄까를 연구했던 까닭이다. 요즘 아이들은 일찍 성숙하나 보다, 라고 생각한다.

"여기 정자에 앉아주시면 돼요."

소녀가 그렇지 않아도 다리가 아파서 달봉이가 쉬어가려던 정자를 가리킨다. 달봉이는 정자에 가서 어색하게 앉아본다.

"음… 아저씨, 그런 어색한 포즈보다는 아저씨가 가장 편안한 자세를 해주세요."

열 살도 채 안 되어 보이는 소녀는 벌써 프로 화가의 기운이 폴폴 나온다. 모델에게 포즈를 어떻게 취할지에 대해서 조언도 해 준다. 달봉이는 그 말에 고개를 끄덕인다.

"그래, 네 말이 맞다. 사실 이 자세가 나도 좀 불편했단다. 난 이렇게 있을 때 가장 편안해."

달봉이가 경직된 몸을 부드럽게 풀고 양반다리를 하고 앉는다. 이 자세는 달봉이가 집에서 주로 하는 자세다. 이렇게 앉아 있으면 마음이 편안하다. 어릴 때부터 이렇게 자주 앉아서 지내서일 것이다. 방바닥 생활에 익숙한 세대답게 달봉이는 지금도 집에서 이렇게 자주 앉아 있다. 의자에 앉는 것보다 더 편안한 까닭이다.

소녀가 분홍색 가방에서 스케치북과 연필을 꺼내 들더니 쓱싹쓱싹 그림을 그린다.

"우리 아빠랑 많이 닮으셨어요."

"아빠가 몇 살이시니?"

"40세이세요."

"그렇구나. 그런데 나 같은 사람 그려서 뭐 하려고 그래?"

"아저씨는 제가 찾던 모델이세요."

"내가?"

달봉이가 뜻밖의 말에 놀라워한다.

"네, 전 뭔가 고독한 사람을 그리고 싶었거든요."

"내가 고독한 사람으로 보였니?"

"네, 저 다리를 건널 때부터 전 아저씨가 무척 고독한 사람이란 걸 알 수 있었어요. 표정만으로도 충분히 알아요."

달봉이는 점점 소녀가 대단하다고 생각한다. 이 아이는 꼭 홀

류한 화가가 될 것이라고 생각한다.

'맞아, 난 고독한 사람이야. 그런데 내 고독을 네가 눈치챘구나.'

잠시 침묵이 흐른다. 소녀는 달봉이와 스케치북을 번갈아 보면서 초상화를 그린다. 사뭇 진지하다. 봄날 오후의 아지랑이가 두 사람을 감싼다. 여물리라는 커다란 표짓돌이 보인다. 이곳이 여물리인가 보다. 달봉이는 이 상황이 마치 꿈을 꾸는 것처럼 비현실적이다. 긴 머리 소녀는 나이답지 않은 언어 구사력으로 자신을 놀라게 하고 있다.

'어린아이가 고독을 알다니!'

"다 그렸어요, 아저씨. 이 그림은 아저씨에게 선물로 드릴게요."

스케치북 한 장을 찢은 소녀가 그 종이를 달봉이에게 준다. 종이에는 피곤한 달봉이가 정자 위에 앉아 있다. 어린 소녀의 그림답지 않게 매우 사실적이어서 달봉이는 놀라지 않을 수 없었다.

"정말 나랑 닮았네. 너 그림 진짜 잘 그린다."

"감사합니다. 그 그림 가지고 가셔서 오랫동안 간직해주세요. 나중에 제가 화가가 되어서 전시회 하면 찾아와 주시구요. 제 이름은 이샛별이에요."

"그래, 네가 전시회 하면 꼭 가볼게. 고맙다."

달봉이는 얼떨결에 그렇게 대답하고 말았다. 샛별이는 다시 명랑한 웃음을 지으면서 다리 건너 시내 쪽으로 달려갔다. 달봉이는 자신의 볼을 살짝 꼬집어본다.

'내가 방금 꿈을 꾼 걸까?'

뺨이 아픈 걸 보니 꿈은 아니다. 소녀가 그려준 그림 속 자신을 잘 접어서 주머니에 넣었다.

'그런데 방금 내가 무슨 약속을 한 거지?'

자신이 소녀에게 한 말이 떠오른다.

'네가 전시회 하면 꼭 가본다고 했던 말, 오늘이 생애 마지막이 될 사람이 그런 약속을 덜컥 해버리다니!'

샛별이에게 달려가서 그 말을 취소한다고 말할 수도 없고 난감했다.

꼬르륵, 뱃속에서 다시 배고프다는 신호를 보낸다. 샛별이와 작별하고 달봉이는 마을 쪽으로 걸음을 재촉했다. 조금 더 늦으면 저녁이 될 것만 같아서다. 백 작가를 못 만나면 서둘러서 마포대교로 가야 하는데 머뭇거리고 있을 시간이 없다.

약간 신기한 변화가 달봉이에게 일어나고 있다. 샛별이가 그려준 초상화를 주머니에 넣고 나서부터 뭔가 자신이 혼자가 아니라는 생각이 들었다. 고독한 달봉이였는데 또 다른 달봉이가 함께해주는 것만 같았다. 이게 대체 무슨 조화란 말인가? 샛별이를 만나기 전 난 고독하고 쓸쓸했는데 분명히 지금은 덜 고독하다.

"작가님, 저 곧 그곳에 갑니다. 배가 많이 고프지만 참고 갈게요."

배가 고프다 못해 아플 지경이다. 달봉이는 한 걸음 한 걸음 몸 안의 에너지를 최대한 긁어모아 걸어가고 있다. 그렇게 얼마나 걸었을까? 지도에 나온 황토색 이층집이 보인다. 아담하고 귀엽다고, 적힌 추가설명에 딱 들어맞는 집이었다.

'은영 씨가 한 말이 맞군. 아주 아담하고 귀여워. 주머니 속에

넣고 싶은 집이야.'

달봉이는 집이 자신을 반겨준다는 느낌을 받았다. 그런 느낌을 주는 집은 흔치 않다. 사람을 반겨주는 집.

'드디어 왔다. 저곳이 꿈꾸는 분식집이구나.'

감격스러워서 눈물이 날 지경이다. 그렇다면 저곳에 백 작가님이란 분이 계시겠구나, 라고 생각하니 한시라도 빨리 그분을 만나고 싶다. 그때였다. 그의 간절한 바람을 들었다는 것처럼 백 작가가 나타났다.

"어서 오세요, 달봉 씨. 배가 많이 고프시죠?"

"어떻게 제 이름을 다 아시죠?"

"그건 제가 어젯밤에 달봉 씨가 오시는 걸 꿈에서 보았기 때문이랍니다."

형언할 수 없는 신비로운 미모의 여인이 달봉이 앞에 서 있다. 달봉이는 자신의 두 눈을 의심했다. 분명히 사람인데 사람이 지닌 것보다 한 차원 위의 그 무엇을 지닌 분 같았기 때문이다. 그것이 무엇인지는 잘 모르겠다. 달봉이는 작은 눈을 크게 뜨고 그녀를 바라본다.

"혹시 백 작가님이세요? 전 최달봉입니다. 은영 씨 아시나요? 그분이 작가님을 꼭 만나보라고 소개해주셔서 오게 되었습니다."

"알고 있어요."

알고 있다는 그 말을 하는 백 작가의 얼굴이 잔잔한 물결처럼 평화롭다. 그리고 온화하다. 달봉이는 배고픔이 싹 사라지는 것만 같았다. 그녀의 얼굴을 바라보니 모든 근심과 걱정, 심지어 배고픔마저도 사라지는 것이었다. 그만큼 백 작가는 특별한 기운을 풍졌다.

'이분은 모든 것을 알고 있는 사람인가 보다.'

달봉이가 어정쩡하게 서 있는 것을 본 백 작가가 그를 집 안으로 안내한다.

"달봉 씨, 집 안으로 들어가세요. 배가 많이 고프실 텐데."

자신의 배고픔까지도 알고 있는 백 작가가 고마워서 달봉이의 콧등이 시큰해진다.

"작가님, 이렇게 작가님을 만나게 되어서 정말 기뻐요."

방 안으로 들어온 달봉이가 수줍게 말했다. 백 작가의 얼굴에서 고운 미소가 피어난다.

"저도 달봉 씨를 만나서 기쁘고 고마워요. 이렇게 여기까지 오기를 결정하는 것도 쉽지 않으셨을 텐데, 저란 사람을 만나기 위해 먼 길 오셔서 고마워요."

"아닙니다. 백 작가님은 정말 대단하신 분 같아요. 저 작가님 김밥을 먹고 싶은데요. 그리고 비밀처방전도 받고 싶습니다. 이런 부탁을 하는 제가 부끄럽네요."

"김밥 재료를 제가 사놓았어요. 금방 만들어드릴게요."

백 작가가 냉장고에서 계란 세 개를 꺼내왔다. 그리고 탁탁탁 경쾌하게 계란을 깨트리더니 맛소금을 넣고 젓가락으로 휘휘 젓는다. 후라이팬이 가스레인지 위에 올려지고, 계란지단을 부치기 시작한다. 그 과정이 아주 자연스러운 흐름이다. 요리를 하는 모습이 아름다우시다, 라고 달봉이는 생각한다.

"작가님은 어떻게 요리도 그렇게 예술처럼 하세요? 전 계란지단 부치는 게 제일 어렵던데, 정말 잘하시네요."

"좋게 봐주셔서 고마워요. 전 요리할 때 이 음식을 드실 분을 생각하면서 해요. 그분이 제가 만든 음식을 드시고 더 건강해지고 행복한 삶을 살기 바라는 마음으로 요리한답니다."

"아, 그래서인지 뭔가 요리하시는 모습이 일반인들과 다른 것 같아요."

계란지단이 노랗게 부쳐졌다. 개나리처럼 노란 계란지단이 먹음직스러워 보인다. 공간이 그리 넓지 않아서 달봉은 백 작가가 요리하는 모습을 바로 곁에서 지켜보고 있는 중이다. 계란지단을 도마 위에 놓고 자른 후 백 작가가 그중 한 개를 달봉이에게 준다.

"자, 한 개 드셔보세요."

그렇지 않아도 배가 고팠던 달봉이는 얼른 받아먹었다. 얼마나 맛있는지 입안에서 사르르 녹았다.

"맛있습니다, 작가님."

달봉이는 괜히 마음이 촉촉해졌다. 자신을 위해 요리해주시는 작가님이 고마워서였다.

"이 요리는 오직 달봉 씨만을 위한 거예요. 달봉 씨는 이 요리의 주인이신 거죠."

그 말은 무언가를 간접적으로 의미하는 것 같았다. 달봉이에게 그 말은 이렇게 들렸다.

"달봉 씨의 인생은 오직 달봉 씨만을 위한 거예요. 달봉 씨는 달봉 씨 인생의 주인공이신 거죠."

그렇게 신기하게 바꾸어서 들리는 것이었다.

햄을 썰고 절여놓은 오이의 물기를 짠다. 단무지를 꺼내고 준비된 재료들을 네모난 쟁반에 가지런히 놓는다. 김을 꺼내 온 후

김발 위에 김을 펼치고 양념한 밥을 한 주걱 펼친다. 그리고 조심스럽게 재료들을 하나씩 올린다. 피아노 건반 위를 뛰어다니는 유능한 피아니스트의 손가락처럼 김 위에서 백 작가의 손가락이 춤을 춘다.

"피아니스트 같으세요."

달봉이는 저도 모르게 그렇게 말하고 말았다. 그건 생각을 하고 한 말이 아니고 그냥 느낌 그대로 저절로 나온 말이었다.

"그래요? 호호호. 그렇게 봐주신다니 좋네요. 저도 음악을 좋아해요."

백 작가의 웃음에서 나비 한 마리가 날아다닌 것 같은 봄의 향긋함이 전해진다. 오이가 들어간 김밥을 달봉이는 특히 좋아한다. 시금치가 들어간 김밥도 좋지만 왠지 오이가 들어간 김밥을 먹으면 싱그러운 초원을 경험하는 것 같아서 더 좋다.

"작가님, 오이를 김밥에 넣어주셔서 감사합니다. 제가 오이가 들어간 김밥을 좋아하거든요."

"그러시군요. 그러실 것만 같아서 오이를 준비해봤습니다."

그렇게 말하고 있는 백 작가가 벌써 열 개의 김밥을 완성했다.

"달봉 씨, 오늘 여기 오기 전에 어딘가로 가시고 싶으셨나요?"

갑자기 그런 질문을 받자 달봉이가 당황했다.

"어… 대답해도 될까요? 사실 전 오늘이 제 생애 마지막 날이랍니다. 은영 씨가 아니었다면 벌써 하늘나라에 계신 엄마 곁으로 갔을 거예요. 제 최종 목적지는 마포대교였거든요."

"달봉 씨, 사람은 누구나 살면서 죽고 싶다는 생각을 하게 된답니다. 아무리 행복해 보이는 사람도 그런 좌절의 시기를 겪게 되어요. 그런데 어떤 사람은 그 시기를 슬기롭게 극복하고 더 행복한 삶을 살아가게 되고, 어떤 사람은 침몰하는 배처럼 인생의 밑바닥으로 가라앉고 말죠."

 진지한 표정의 백 작가에게서 작가로서의 지성이 뿜어져 나오고 있다.

 '이분은 역시 작가님이구나. 존경받는 작가님이 분명하시구나.'

 말 한마디 한마디가 금쪽같아서 노트에 받아적어야만 할 것 같다. 달봉이는 마음의 노트에 백 작가의 말을 받아적는다.

 "작가님, 전 지금 침몰하는 배랍니다. 운영하던 치킨집은 파산 직전이고 가정은 해체되었습니다. 아무리 둘러보아도 출구가 없습니다. 유일한 도피처는 제가 이 세상에서 사라지는 것이라고 결론 내린 상태입니다. 작가님에게 죄송하지만 그런 생각을 가지고 이곳에 왔습니다. 마지막으로 작가님을 만나 뵙고 싶었습니다."

 "네에, 잘 오셨어요. 이곳은 달봉 씨를 위해 존재하는 곳입니다. 달봉 씨처럼 인생의 어둠 속에서 빛을 찾지 못한 이들에게 희망의 빛을 전해주는 분식집이랍니다."

 "어떻게 하면 제가 빛을 찾을 수 있을까요? 전 아무리 생각해도 모르겠습니다."

 달봉이가 땅이 꺼질 듯 긴 한숨을 내쉬면서 묻는다. 그의 목소리에는 진정한 갈구가 있었다. 어떻게 하면 이 좌절의 구렁텅이에서 빠져나갈 수 있을까? 아무리 생각해보아도 모르겠다.

 "달봉 씨, 제 말을 잘 들으세요. 이제 오늘 이후로 달봉 씨는 마포대교에 가실 필요가 없으실 거예요. 왜냐하면 달봉 씨의 현재 상황은 얼마든지 극복 가능한 상황이니까요."

"정말 극복할 수 있을까요?"

달봉이가 반신반의하면서 말한다. 아무리 작가님이지만 이 절망적인 상황을 극복할 수 있다니 믿기지가 않는다.

"그럼요. 얼마든지 극복하실 수 있어요. 이곳을 나가시면 달봉 씨는 치킨집을 열기 전에 새벽에 일찍 일어나 신문배달을 하실 거예요. 새벽의 상쾌한 공기를 가르면서 신문배달을 하면 삶의 의욕이 솟아날 거예요. 그리고 치킨집에 출근하시면 청소를 깨끗이 하고 재료들을 신선한 것들로 교체할 거예요. 신선한 닭은 맛있는 치킨을 보장하니까요. 그리고 가게 앞에 손님들을 위해 의자를 마련해줄 거예요. 손님들이 식사 후에 앉아서 커피 한 잔 마실 여유 공간을 만들어드리는 거죠."

"작가님 말씀이 맞아요. 가만히 생각해보니 제가 그동안 가격이 싸다는 이유로 덜 싱싱한 닭을 사다가 튀겨 팔았어요. 그 닭을 판 이후부터 왠지 손님들이 뜸해졌어요. 맞아요. 그게 매출이 떨어진 주요인이었어요."

달봉이가 자신의 행동을 후회한다. 그리고 자신의 그런 과오를 무안하지 않게 지적해주는 백 작가가 너무 고마웠다.

"신문배달 꼭 하겠습니다. 어릴 적에도 한 적이 있는데 그때는 삶에 활력이 있었던 것 같아요. 새벽의 맑은 공기를 마시면서 신문배달을 하면 그날 하루가 활기차지더라구요. 그리고 경제적으로도 조금 도움이 될 것 같아요. 그런데 어떻게 작가님은 이런 명쾌한 해답을 제시해주실 수 있으세요?"

"달봉 씨의 입장에서 생각하니까 그렇게 하시면 도움이 될 것 같아서예요. 우리 달봉 씨는 얼마든지 다시 일어서실 수 있는 분이세요."

"고맙습니다, 작가님. 어떻게 감사해야 할지……."

달봉이가 감동에 젖어서 눈물을 흘린다. 이래서 은영 씨가 이곳에 가보라고 했구나. 나만을 위한 인생 처방전이 아닌가. 이것은.

"자, 달봉 씨. 달봉 씨만을 위한 김밥을 만들었어요. 맛있게 드시고 계세요. 전 이층에 가서 비밀처방전을 가지고 올게요."

"네, 맛있게 먹겠습니다."

달봉이는 눈물을 훔치고 조심스럽게 김밥을 하나 집어 들었다. 오늘따라 김밥이 눈물 나게 맛있다. 이렇게 맛있는 김밥은 정말 처음이다. 작가님이 아까 김밥을 다 말고 나서 기도하는 모습을 보았다. 두 손을 꼭 모으고 간절한 기도를 올리는 것을 보았다. 그 모습이 무척 경건해 보였다. 그리고 반짝거리는 빛가루들이 백 작가의 손에서 김밥 위로 쏟아져 내리는 것을 보았다. 달봉이는 그 순간을 목격하면서 자신의 눈이 이상한가 의심했다.

'사람의 손에서 빛가루가 떨어져 내리다니.'

그것은 백 작가가 꿈꾸는 분식집을 찾는 손님들에게만 뿌려주는 마법의 가루였다. 그 금빛 찬란한 빛가루에는 희망과 용기, 그리고 행복이라는 메시지가 포함되어 있었다. 그것은 이곳 꿈꾸는 분식집만의 요리비법이기도 하다. 달봉이는 그 사실을 알 수 없었지만 빛가루가 떨어지는 건 분명히 보았다. 그리고 그것이 분명히 평범한 것이 아니란 것쯤은 눈치챌 수 있었다.

열 줄의 김밥 중 여섯 줄이나 먹어 치웠다. 달봉이는 더 먹고 싶은데 배가 불러서 도저히 더 먹을 수가 없다. 그때 이층에서 백 작가가 하얀 서류봉투를 가지고 내려왔다.

"달봉 씨, 김밥 더 드세요."

"아닙니다, 작가님. 맛있어서 여섯 줄이나 먹었어요. 더 먹고 싶은데 배가 불러서 못 먹고 있습니다. 잘 먹었습니다."

달봉이의 뱃속에는 김밥이 가득하다. 그리고 김밥을 먹고 났더니 거짓말처럼 기운이 부쩍 생겨났다. 이곳에 오기 전에는 금방이라도 주저앉을 것처럼 맥이 없었는데 백 작가를 만나고 김밥을 먹고 나니 없던 힘이 생긴 것 같다.

"작가님, 제가 기운이 많이 나요. 힘이 생긴 것 같아요."

"그럼요. 달봉 씨는 예전의 달봉 씨가 아니에요. 지금부터는 활력이 넘치는 달봉 씨가 되실 거예요. 이 봉투를 받으세요. 여기에 달봉 씨만을 위해 준비한 비밀처방전이 있답니다."

"네, 감사합니다. 작가님, 이렇게 절 위해 귀중한 선물을 주시니 몸 둘 바를 모르겠습니다."

서류봉투를 품에 소중히 안고서 달봉이가 울먹거리면서 말한다. 지금 그의 몸은 가늘게 떨리고 있다. 모든 걸 포기하고 마포대교에 올라서서 한강으로 투신하려고 했던 자신이 이제 희망이라는 빛을 안고 삶을 다시 살아가려고 한다. 이렇게 변화된 자신이 대견하기도 하고 신기하기도 하다.

"달봉 씨, 인간은 혼자라는 것에 익숙해져야 해요. 고독은 사람을 더 성숙하게 만드는 고마운 신의 선물입니다. 혼자라는 것을 두려워하지 마세요. 홀로 된 지금 이 시간을 감사하세요. 그리고 자신이 할 수 있는 최선의 노력을 하세요. 노력하는 시간 동안 고독은 좋은 친구가 되어서 달봉 씨를 더 행복한 사람으로 변화시켜 줄 거예요. 그리고 성공할 수 있는 토양을 마련해줄 거예요."

달봉은 또 마음속 노트에 백 작가가 하는 말을 적는다. 단어 한 개도 놓쳐서는 안 된다. 그런 결심이 선다. 보석 같은 작가님의 말씀을 흘려들어서는 안 될 것만 같아서다. 어디에서도 들을 수 없는 값진 인생 조언이다. 이렇게 자신에게 삶의 지혜를 아무런 조건 없이 전해준 사람은 일찍이 없었다.

"네, 알겠습니다. 작가님 말씀대로 혼자라는 시간을 가치 있게 쓰도록 노력하겠습니다. 왜 그런지 몰라도 작가님을 만나고 나서부터는 제가 혼자가 되었다는 사실이 더 이상 고통스럽지가 않습니다. 제 머릿속에는 어떻게 하면 더 품질 좋은 치킨을 만들어서 소비자에게 드릴까 하는 생각만 가득합니다. 제가 하는 일에 최선을 다하고 싶습니다."

"바로 그거예요. 달봉 씨가 원하는 일을 즐겁게 해낼 때 외롭다는 느낌은 더 이상 머무르지 않을 거예요. 늘 지금처럼 자신감 있고, 의욕 가득한 모습으로 살아가시길 제가 기도드리겠습니다."

백 작가의 목소리에서 진심으로 한 사람을 걱정하는 다정함이 묻어난다. 달봉이는 백 작가가 내민 손을 잡는다. 그리고 자신도 모르게 눈물을 흘린다. 그것은 감사의 눈물이었다. 피폐해진 자신의 인생을 다시 일으켜 세워준 분에 대한 고마움이 눈물로 표현되는 것이다.

"작가님, 오늘 전 새로운 삶의 희망을 되찾았습니다. 앞으로는 마포대교에 갈 일이 없을 것 같아요."

수줍게 웃는 달봉이의 손에 백 작가의 손으로부터 따스한 온기가 전해져 온다. 달봉은 그 순간 묘한 기운을 느꼈다. 우주의 뜨겁고 뜨거운 기운이 자신의 마른 육신을 훑어내리는 듯한 그런 느낌이었다. 그것은 새로운 체험이었다. 달봉이의 남은 생애에 두 번 다시 경험해보지 못할 그런 신비로운 경험이었다.

"비밀처방전은 달봉 씨의 앞날을 함께 응원해줄 거예요. 저 글들 속에 제가 있답니다. 제가 달봉 씨를 위해 쓴 글이니까요."

"고맙습니다, 작가님. 두고두고 아껴가며 읽겠습니다."

집에 도착해보니 밤 10시가 다 되었다. 그는 자신이 마치 먼 신비로운 세계에 다녀온 것처럼 여겨졌다. 꿈이라기엔 생생하고, 현실이라기엔 지극히 비현실적이다. 백 작가로부터 받아온 서류봉투를 식탁 위에 두고 한참을 응시한다.

"작가님, 저 많이 변한 것 같아요. 제가 이 집에 다시 오게 될 줄은 몰랐습니다. 집을 나갈 때 마지막 인사를 한 집에 제가 다시 오다니요. 저 지금 원래대로라면 차가운 주검이 되어서 한강에 떠오르고 있었을 거예요. 제가 다시 집에 돌아오게 되어서 눈물이 나네요. 감사합니다."

그리고 아주 조심스럽게 서류봉투 안에 있는 종이를 꺼내서 읽기 시작한다. 큰 목소리로 또박또박 읽어 내려간다. 거기에는 이렇게 적혀있었다.

사랑하는 달봉 씨에게 이 글을 선물합니다.

번쩍이는 황금이 되기보다 순수한 풀꽃이 되어라

무료한 봄날의 느슨한 공기 속에서 혼자 사색에 잠긴 그대에게 어떤 사람이 두 가지 물건을 가지고 와서 불쑥 말한다. 잡상인은 아닐까 유심히 살펴보지만 다행히 쓸모없는 물건을 강요하는 귀찮은 잡상인은 아니라는 판단이 들어 그의 말을 건성으로나마 들어준다.

"이 물건들 중에 어떤 것을 갖고 싶은가요? 당신이 원한다면 아무런 조건 없이 공짜로 드리겠습니다."

그가 가지고 온 두 가지 물건은 바라보기도 눈이 부신 누런 황금 덩어리와 태어나서 처음 보는 생소한 풀꽃이다.

당연하다는 듯 그대는 황금 덩어리를 냉큼 집어들 것인가? 아니면 99.9%의 사람들이 함박웃음을 지으며 단번에 선택하였다는 황금을 배제하고 극소수의 사람만이 잔잔한 미소를 머금고 선택하였다는 연보랏빛 수수한 풀꽃을 가슴에 품을 것인가?

순수란 풀꽃과 같다. 어느 곳에 피어 있는지 모르지만 이름 모를 산야에 늘 피어 있는 야생의 풀꽃처럼 인간의 마음속 동산에 항상 고고하게 피어 있으며, 새빨간 색깔의 장미처럼 순식간에 홀리는 향기는 없지만 은은한 향기로 영혼까지 적셔주는 매력이 있으며, 존재 자체만으로도 세상을 아름답게 하는 것이 풀꽃과 무척이나 닮아있다고 할 수 있다.

한 개의 꽃대에 한 송이 꽃이 외롭게 피어 있는 모습이라서 이름 지어진 홀아비 바람꽃, 남쪽에서 제비가 올 때쯤 핀다는 제비꽃, 은방울을 닮은 은방울꽃, 딸의 집을 찾아 헤매던 할머니가 추위에 떨다 죽은 후 피어났다는 할미꽃, 청사초롱을 닮은 초롱꽃 등 숱한 풀꽃들이 지금 어디선가 고즈넉이 피어 있을 것이다.

굳이 제 존재를 드러내지 않아도 풀꽃을 떠올리며 누군가는 그것의 청초한 아름다움에 잠시 미소 지을 수 있는 것처럼 순수한 사람은 아무런 내색 없이 그 자리에 있어도 스스로 향기를 내어 주위를 향기롭게 만든다. 그러나 지금의 세상은 번쩍이는 황금이 되지 않으면 즉시 도태되고 말 것만 같다. 순수한 풀꽃 같은 사람이 되려고 하는 사람은 극히 드물고, 만일 그러한 사람이 있다고 한다면 그는 황금이 되려고 바삐 뛰어가는 사람들에게 밟혀서 자신이 가려던 길을 중도에 포기하거나 경로를 바꾸거나 되돌아가고 만다.

지구상에 있는 대부분 인류의 신경세포는 번쩍이는 황금이 되기 위해 촉각을 곤두세우고 있다. 어떻게 하면 돈을 더 많이 벌 것인가? 어떻게 하면 타인을 짓밟고 서서 최고의 자리에 올라설 것인가? 어떻게 하면 더 많은 부와 명예를 움켜쥐고 상류층의 삶을 살아갈 수 있을 것인가에 에너지를 쏟아붓느라 여념이 없다.

이와 같은 세태 속에서 남들에게 오해받지 않으려면 번쩍이는 황금이 되기 위해서 살아간다는 시늉이라도 해야만 한다고 생각하며 사람들은 한 푼이라도 더 벌기 위해 정말 하기 싫은 야근을 하고 적성에는 맞지 않지만 좋은 대학을 가기 위해 밤늦도록 학원을 순례하며 힘든 삶을 살아가고 있는 중이다. 그렇게 자신의 의중을 속이고 살아간다면 결과는 어떨까? 정말 하기 싫은 야근을 하면서 돈을 많이 모아서 행복해질까? 적성에도 맞지 않는 과를 단지 좋은 대학, 이름이 널리 알려진 대학에 가기 위해서라는 명목으로 진학해서 행복해질 수 있을까? 번쩍이는 황금이 되려면 얼마나 많은 순수를 내버려야 될지 가늠할 수조차 없을 것이다.

순수를 버리지 않으면 인간은 번쩍이는 황금이 될 수 없다. 순수함을 간직한 사람은 타인을 짓밟고 올라서고 싶은 마음이 없으며, 오히려 자신보다 못한 사람들을 보면 자신의 등을 기꺼이 내어주며 밟고 일어서라고 할 사람이기 때문이다. 그러므로 순수한 삶을 사는 사람은 마음이 평화로울 것이다. 항상 누군가를 이겨야 한다는 압박감이 없고, 자신의 본모습을 숨기고 과장된 허상으로 자신을 위장할 이유도 없기 때문이다.

번쩍이는 황금이 되기보다 순수한 풀꽃이 되어라. 지반이 약한 건물은 작은 충격에도 와르르 무너져 내리고 만다. 반면에 지반이 튼튼한 건물은 아무리 충격을 주어도 결코 무너지지 않는다. 순수란 삶을 아름답게 만드는 원초적 토양이다. 이러한 순수를 가지지 못한 사람에게는 어떤 좋은 재료를 동원해서 건물을 짓는다고 해도 모래 위에 지은 집처럼 부질없는 행동이 될 뿐이다.

순수하지 못한 사람이 최고급 자재, 즉 세계에서 제일 유명한 대학 졸업장이나 헤아릴 수조차 없는 엄청난 재산이나 뛰어난 전문성 등으로 인생이란 집을 짓고 있는 중이라면 그는 순수한 사람이 순수라는 단 하나의 자재로 지은 허름한 집보다 못한 건축물을 만드는 어리석음을 범하고 있다는 사실을 명심해야 할 것이다.

제비꽃, 냉이꽃, 달맞이꽃, 에델바이스가 지금 그대의 가슴에 피어 있는가? 순수한 풀꽃 같은 삶을 살아가자. 큰 재물을 모으지 못하고 세인에게 주목받지 못하더라도 그런 삶이 진정으로 인간다운 삶이다. 소슬바람에 가볍게 흔들리며 시간을, 우주를 품어 안고서 그 어떤 꽃보다 더 지순한 영혼으로 지상에 핀 풀꽃 같은 사람이 되길 바라는 것은 오늘 우리에게 주어진 가장 절실한 과제다.

글을 다 읽은 달봉의 눈에 파란 수정 같은 눈물이 그렁그렁 맺힌다. 그리고 다시 한번 읽고 싶은 글귀를 큰소리로 낭독한다. 목소리에 힘이 가득하다.

"제비꽃, 냉이꽃, 달맞이꽃, 에델바이스가 지금 그대의 가슴에 피어 있는가? 순수한 풀꽃 같은 삶을 살아가자. 큰 재물을 모으지 못하고 세인에게 주목받지 못하더라도 그런 삶이 진정으로 인간다운 삶이다. 번쩍이는 황금이 되기보다 순수한 풀꽃이 되어라!"

참으로 서정적이고 아름답고 감동적인 글이다.

'나는 그동안 번쩍이는 황금이 되기 위해 발버둥치고 살아왔던 거야.'

이런 깨달음이 든다. 순수함의 힘에 대해 이렇게 아름다운 표현으로 글을 쓰신 백 작가님이 존경스럽다.

"전 그동안 어떻게 하면 장사를 잘해서 돈을 많이 벌까만 생각하고 살아왔던 것 같습니다. 어떻게 하면 손님들이 제 치킨을 먹고 행복해할까란 생각은 단 한 번도 하지 않았습니다. 제게 순수한 마음이 없었기 때문이에요. 지금 이 글을 읽고 나니 저의 잃어버린 순수를 되찾을 수 있게 되었습니다."

달봉이는 종이를 천천히 어루만진다. 그리고 종이에 코를 가져다 대고 냄새를 맡아본다. 종이에서 백 작가만의 향기가 난다. 그 향기는 어떤 꽃에서 나는 향기보다 진하고 아련하다. 천상의 아름다움과 지혜를 지닌 작가님의 향기를 종이를 통해서나마 맡아본다. 먼 훗날 자신이 마지막 숨을 쉴 때까지 이 비밀처방전을 간직하겠다고 스스로와 약속한다.

"작가님, 고맙습니다. 순수한 사람으로 거듭나게 해주셔서 감사합니다. 순수한 풀꽃처럼 욕신 없이 타인을 진정으로 사랑하고 매사에 감사하는 사람으로 살아가겠습니다. 언제나 작가님의 말씀을 삶의 지표로 삼고 살아가겠습니다. 건강하세요."

어두운 밤하늘 저 멀리 빛나는 별 하나가 달봉이의 그런 말을 듣고서 빙그레 미소 짓는다. 그것은 백 작가의 마음의 별이었다.

"그래요, 우리 달봉 씨. 멋진 사람으로 거듭나셨군요. 앞으로 모든 일이 다 잘 될 거예요."

베란다에 서서 달봉이는 그 별을 바라보고 있다. 그 별이 백 작가의 마음의 별이라는 걸 단숨에 알 수가 있었다. 그리고 백 작가의 응원의 말도 들었다. 달봉이의 얼굴에 가장 환한 미소가 피어난다.

그날 이후 달봉이는 새벽마다 신문을 배달하고, 치킨집을 깨끗하게 청소하고, 닭도 가장 신선하고 좋은 닭으로 준비해서 튀겼다. 손님들이 치킨을 시키면 자신이 벌 돈을 계산하는 게 아니고 손님이 이 치킨을 드시고 행복해지시길 진심으로 기원했다. 그랬더니 놀랍게도 매출이 무려 500퍼센트나 급증하고, 순식간에 달봉이의 집은 맛집에 선정되었다. 달봉이의 치킨집을 방문했던 어느 인플루언서가 착한 가게로 소개했기 때문이다. 가게는 연일 문전성시를 이루었다. 그렇게 가게가 잘 되고 경제적으로 풍요로워지자 아내와 아이들도 다시 돌아왔다. 아내는 요즘 웃음이 멈추질 않는다.

"자기야, 어떻게 이렇게 우리 치킨집이 잘 되게 된 거야? 기적이 일어난 거 같아."

달봉이는 알고 있다. 이건 기적이 아니라 순수한 마음이 불러들인 순수의 효과라는 것을. 그것을 알게 해주신 분이 바로 백 작가님이란 것을.

"난 돈보다 소중한 가치를 알게 되었어. 그건 순수한 마음이야. 우리가 손님을 돈을 버는 수단으로 여겼을 때는 장사가 망해 갔지만 손님을 순수하게 사랑하고, 어떻게 하면 손님이 행복해질까를 생각했더니 가게가 번창하는 거야. 여보, 이제 우리 돈을 좇아가지 말고 순수를 추구하는 삶을 살자."

"진짜 좋은 말이네. 자기가 달라 보여. 다른 사람 같아. 이런 날도 오는구나. 달봉 오빠가 멋있어 보인다. 호호호."

아내의 웃음소리가 치킨집 내부에 가득 울려 퍼진다. 달봉이도 마음껏 웃는다. 그렇게 웃는 부부를 보는 손님들의 얼굴에도 흐뭇한 미소가 피어났다.

병실 침대에 누워서 가만가만 숨을 쉰다. 숨을 멈추고도 싶은데 다시 숨이 쉬어지는 게 짜증 난다. 지금 슬기는 자신이 어떤 병에 걸렸는지 다 알고 있다. 그런데 엄마와 아빠는 괜찮다고 별것 아니라고 한다.

"슬기야, 의사 선생님이 별것 아니래. 치료 잘 받으면 나을 수 있대."

그런데 슬기는 그 말이 거짓말이란 걸 알아버렸다. 오 간호사님이 말하는 걸 들었기 때문이다.

"어떻게 하면 좋아요? 슬기가 백혈병이래요. 그것도 치료가 거의 불가능해서 3개월 시한부래요."

간호사 언니가 다른 간호사에게 걱정스럽게 말하는 걸 들었다. 슬기는 이 병원에서 귀여움을 독차지하고 있는 열다섯 살 소녀다. 노래도 잘하고 춤도 잘 추는 슬기는 가끔 간호사 언니들을 위해 노래를 불러주곤 했다. 간호사 언니들과 사이가 좋아서 늘 사랑을 받고 있었다. 그래서 오 간호사가 그렇게 슬기의 병을 알고 안타까워한 것이었다.

"엄마, 나 다 알아. 나 곧 죽잖아! 엄마 나빠. 왜 나 속여? 엄마 미워!!!"

슬기가 엄마에게 버럭 소리를 질렀다. 그 말은 하지 말았어야 했는데 엄마의 안색이 사색이 되어버렸다.

"죽다니 무슨 말이니? 아니야. 우리 슬기 곧 좋아질 거야. 요즘은 치료법이 발전해서 웬만한 건 다 고친대. 그냥 독한 감기야."

"아니야, 내가 무슨 어린애인 줄 알아? 날 왜 속여? 엄마 미워. 나 백혈병이잖아? 그것도 3개월밖에 못 산다는 시한부잖아?"

그렇게 악을 쓴 슬기가 그만 의식을 잃고 말았다. 슬기의 작은 심장이 갑자기 멈춘 것이다. 위급한 목소리의 코드블루가 병원 전체에 울려 퍼졌다. 순식간에 병원에 있던 모든 간호사와 의사들이 몰려들어서 슬기에게 심폐소생술을 실시했다. 엄마는 그 곁에서 울고 있다.

"슬기야, 정신 차려. 엄마가 잘못했어. 제발!"

한참 후에 슬기가 깨어났다. 의사 선생님이 슬기 엄마를 조용히 불렀다.

"어머님, 슬기 상태가 더 악화되었습니다. 왜 그런지 모르겠네요. 오늘 밤이 고비일 수도 있습니다."

슬기 엄마가 그 말을 듣고 제자리에 맥없이 주저앉았다. 하늘이 무너져 내리는 것 같다.

"안 됩니다, 선생님! 우리 슬기 살려주세요. 하나뿐인 소중한 딸이에요. 제 목숨을 드릴 테니, 제 장기라도 드릴 테니 우리 슬기만 살려주세요."

그렇게 오열하는 엄마를 아빠가 위로한다.

"여보, 울지 마. 슬기 괜찮아질 거야."

그렇지만 그렇게 말하는 아빠의 눈에도 눈물이 고였다. 도저히 감당할 수 없는 일이다. 애지중지 늦게 얻은 외동딸 슬기를 하늘나라로 보내야 하다니! 그건 결코 있을 수 없는 일이었다.

"엄마, 아빠."

병실에 돌아온 부모님을 보고 슬기가 아주 가느다란 목소리로 엄마, 아빠를 불렀다. 그리고 이렇게 말한다.

"저 치킨이 먹고 싶어요. 치킨 좀 시켜주세요."

슬기가 평소에는 잘 먹지도 않던 치킨이 먹고 싶다고 말한다. 엄마는 그런 슬기가 반가워서 화색이 돈다.

"치킨? 그래, 그래, 엄마가 시켜줄게. 우리 슬기 치킨 먹고 싶어? 시켜줄게."

그리고 요즘 착한 가게로 유명해진 달봉이 치킨집에 전화를 걸었다.

"여보세요? 안녕하세요? 은하수 병원 310호인데요. 우리 딸이 치킨이 먹고 싶다고 해서요. 반반으로 하나 가져다주세요."

그렇게 말하고 전화를 끊는데 슬기가 정말 오랜만에 웃는다.

"맛있겠다. 나 치킨 먹으면 힘 날 것 같아, 엄마."

엄마와 아빠는 그런 슬기를 보면서 애써 울음을 참고 억지로라도 웃어 보인다.

"그럼 힘이 나고말고. 치킨 먹으면 아픈 거 좋아질 거야."

30분쯤 후 치킨배달을 온 달봉이가 병실 밖에서 슬기 엄마의 눈물 자국이 있는 얼굴을 보고 가만히 묻는다.

"혹시 슬기가 많이 아픈가요?"

"네, 달봉 씨. 슬기가 백혈병인데 의사 선생님이 3개월밖에 못 살 거래요. 그 사실을 슬기가 다 알아버렸어요. 저 어떻게 하죠?"

달봉은 슬기 엄마와 안면이 있다. 가끔 슬기네 집에 치킨배달을 갔었기 때문이다. 그 말을 들은 달봉의 머리에 백 작가님이 떠올랐다.

"슬기 어머니, 제 말을 잘 들으세요. 제가 문자로 주소를 가르쳐 드릴 테니까 그 주소로 슬기를 보내보세요. 어머니는 슬기를 용두리 터미널에서 내려주고 슬기 혼자 꼭 걸어서 가야 합니다. 그곳은 바로 꿈꾸는 분식집인데요. 경기도 양평에 있어요."

"꿈꾸는 분식집이요?"

"네, 꿈꾸는 분식집이에요. 그곳은 아주 특별하고 신비로운 곳이에요. 그곳에는 백 작가님이 계신데 시들어가는 영혼에 새 생명을 불어넣어 주시는 지혜로운 분이에요. 왠지 슬기가 꼭 그곳을 가야 할 것 같아요."

"그런 곳이 있어요? 정말 그런 곳이 있군요. 제발 부탁입니다. 그곳에 가는 법을 알려주세요."

슬기 엄마는 지푸라기라도 잡는 심정으로 간절히 부탁한다. 딸에게 조금이라도 도움이 된다면 그녀에게 지금 못할 일은 없다.

오랜만에 먹은 치킨이 맛있어서 슬기는 기분이 좋다. 거의 한 마리 분량을 혼자 다 먹어 치웠다. 아픈 아이가 아닌 것 같다고 스스로 생각한다. 아까는 화가 나고 엄마, 아빠가 미웠는데 이젠 좀 진정이 되었다. 그런데 엄마가 무슨 말을 하려는지 슬기의 손을 잡는다. 슬기는 엄마가 도대체 왜 그러시나 생각한다. 평소와 다른 표정이었기 때문이다.

"슬기야."

"응, 엄마."

"우리 슬기 양평에 갈까?"

"양평?"

"응, 양평."

"왜 가?"

"그곳에 꿈꾸는 분식집이 있대. 우리 그곳에 한 번 가보지 않을래?"

"꿈꾸는 분식집?"

"싫어!"

슬기가 단번에 거절의 의사를 표현한다. 엉뚱한 엄마라고 생각한다.

'무슨 분식집을 가자는 거야? 그것도 양평까지!'

또 짜증이 나려고 한다. 엄마가 장난치는 것 같아서다.

"너 달봉이 아저씨 알지?"

"응, 알지."

달봉 씨와 슬기는 친한 사이다. 새벽에 신문배달을 하는 달봉 씨가 집에 올 때 새벽부터 일어나 책을 읽는 슬기가 그 신문을 받아서 집으로 가지고 오곤 했다. 그래서 서로 잘 안다.

"그 아저씨가 그곳에 한 번 가보래."

"그래? 그럼 한 번 생각해볼게."

"그곳은 특별한 곳이래. 왠지 좋은 일이 생길 것 같아. 슬기야, 우리 꼭 가보자."

엄마가 슬기의 이마를 쓰다듬는다. 슬기는 그런 엄마의 손길이 좋다. 엄마는 항상 이렇게 내게 다정하시다. 너무 잘해주어서 슬기는 평소에 엄마에게 함부로 대하곤 했던 것 같다. 매사에 투덜

투덜하고 엄마에게 화도 자주 냈었다. 갑자기 엄마가 소중해진다.
"엄마, 사랑해."
뜬금없는 사랑 고백에 슬기 엄마의 볼이 발갛게 물든다. 딸에게 이런 말을 듣는 날이 오게 될 줄은 상상도 못했기 때문이다. 그 말을 한 슬기는 기운이 없는지 잠이 들었다. 그 모습을 보니 다시 서글퍼진다.
'이렇게 어여쁜 내 딸이 3개월 후에는 내 곁에 없을 거라니.'
슬기 엄마의 얼굴에 먹구름 같은 근심이 가득해진다. 그러다 달봉 씨의 말이 생각이 났다.
"그곳은 아주 특별하고 신비로운 곳이에요. 그곳에는 백 작가님이 계신데 시들어가는 영혼에 새 생명을 불어넣어 주시는 지혜로운 분이에요. 왠지 슬기가 꼭 그곳을 가야 할 것 같아요."
그 말이 떠오르자 뭔가 어렴풋이 희망이 생기는 것 같았다. 시들어가는 영혼에 새 생명을 불어넣어 주시는 분이 계시는 곳! 반드시 가야겠다. 며칠 후 다행히 슬기의 상태가 많이 좋아졌다.
슬기 엄마는 슬기와 함께 꿈꾸는 분식집이 있는 청운면에 도착했다. 아빠는 회사에 출근하고 슬기와 엄마만 자가용을 타고 이곳에 온 것이다. 운전하는 내내 슬기 엄마는 이 길의 끝에 무엇이 있을까란 생각에 사로잡혀 있었다. 백 작가란 분이 슬기를 만나면 슬기가 어떤 변화를 보일까 미치도록 궁금해졌다.
차에서 슬기는 마치 소풍을 나온 아이처럼 좋아했다.
"엄마, 창밖에 논이랑 밭이랑 보니까 너무 좋아."
"네가 좋다니 엄마도 기쁘구나."
"응, 좋아 좋아. 왜 이런 여행을 한 번도 안 했지? 오늘 나 기분이 많이 좋아졌어."

 그렇게 즐거워하더니 잠시 후에는 또 우울한 표정을 짓는다.

 "엄마, 난 곧 죽을 거지? 그 생각을 하니까 슬퍼. 이런 여행도 다 부질없는 것 같아."

 평소에 책을 많이 읽고 사색적인 슬기는 감수성이 예민하다. 그런 아이가 이렇게 큰 시련을 맞았으니 오죽 힘들까 싶어서 엄마는 가슴이 아리다. 두 사람은 아무 말 없이 차 속에서 각자 생각에 잠겼다. 용두터미널 근처 주차장에 차를 세우고 그 안에서 두 사람은 침묵의 늪에 빠져들고 있었다.

 "슬기야, 너 할 수 있지?"

 10여 분의 시간이 지난 후 무언가를 결심한 듯한 엄마가 그렇게 묻는다. 슬기가 약간 놀란 표정으로 대답한다.

 "뭘?"

 "지금부터는 엄마가 못 따라가. 너 혼자 20분 정도 걸어서 꿈꾸는 분식집에 가야 해. 엄마가 카톡으로 보내준 약도 보고 너 혼자 걸어가야 해."

 "나 혼자?"

 "엄마, 왜 그래? 나 지금 생명이 위독한 환자라고. 미쳤어? 나 혼자 걸어가라고? 생전 처음 온 곳을?"

 예상대로 슬기가 예민한 말투로 화를 낸다. 슬기 엄마는 그 반응을 예상했다는 듯이 침착하게 슬기를 다독인다.

 "그곳엔 한 명만 갈 수 있대. 내가 가서 뭐 하니? 네가 가야지. 그곳에 가면 백 작가님이 계시단다. 그분을 꼭 슬기 네가 만나야 해."

"백 작가님?"

"응, 넌 그분을 만나야 해. 오늘 우리가 이곳에 온 목적이야. 그분은 절망적인 사람도 희망 가득한 사람으로 변화시켜 주신대. 슬기야, 엄마가 이렇게 빌게. 어떻게 해서라도 그곳에 다녀오렴."

엄마의 이런 태도는 처음이다. 이렇게까지 애절하게 자신에게 뭔가를 부탁한다.

"아니 엄마, 그러지 마. 뭘 빌어? 알았어. 갔다 올게. 나 장슬기야. 얼마든지 걸어서 다녀올 수 있다고."

아주 씩씩한 표정으로 슬기가 목소리에 힘을 주어서 말한다. 이래야 엄마가 덜 힘드실 것 같아서다. 지금 엄마는 자신보다 더 중환자 같은 얼굴이다. 엄마가 아프다면 그건 슬기 자신이 아픈 것보다 더 고통스러운 일이다. 슬기에게 엄마는 누구와도 바꿀 수 없는 소중한 존재이기 때문이다.

마침 오늘 컨디션은 나쁘진 않다. 20분 정도 걸을 힘은 있는 것 같다. 슬기는 엄마의 염려와 걱정 가득한 얼굴을 최대한 활기찬 표정으로 바라본다.

"잘 다녀와, 내 딸. 사랑해."

슬기 엄마가 슬기를 꼭 끌어안는다. 놓치고 싶지 않은 내 핏줄! 내 전부! 이런 생각이 드니 눈물이 쏟아질 것만 같다. 그래도 애써 참는다. 울음을 보이면 슬기가 힘이 빠질 것 같아서다.

"알겠어. 걱정 마."

슬기가 엄마의 품을 빠져나오면서 활짝 웃는다. 하지만 마음속으로는 두렵다. 내가 아픈 몸을 이끌고 그곳까지 살아서 갈 수나 있으려나, 하는 걱정이 가득하다. 사실 다른 컨디션은 좋지만 머리가 깨질 듯 아프다. 평소에는 온몸이 쑤시고 아팠는데 다행히 지금은 머리만 아프다. 이 정도쯤은 견딜 수 있을 것 같다.

엄마는 슬기가 터미널 옆 약국 앞까지 걸어가는 것을 본다. 그리고 슬기가 골목길을 따라 사라지자 차에 쓰러지듯이 탔다. 이제 모든 건 운명에 맡기기로 한다. 이제는 슬기의 시간이다. 슬기가 헤쳐 나가야 할 길이다. 그렇게 생각하니 마음이 차분해진다.

열다섯 장슬기가 걸어간다. 백혈병 시한부 3개월의 환자가 걸어간다. 마음속으로 슬기는 자신을 그렇게 정의해본다.

다리를 건너는데 다리 아래 물이 아주 맑다. 물속에 있는 물고기도 다 보일 만큼 맑은 물이다. 엄마가 보내준 약도에는 이 다리를 건너게 되어있다. 숱한 사람들이 건넜을 다리다. 나도 이제 이 다리를 건넌다. 90대 할머니도 건넜을 것이고, 한 살 아기도 건넜을 것이다. 사람뿐만 아니라 개나 고양이도 건넜을 것이다. 그렇게 생각하니 이 다리가 의미 깊어 보인다.

그런데 이 다리가 만일 없다면? 문득 그런 질문이 든다. 이 다리가 없다면 마을은 사람이 살기가 힘들어질 것이다. 다리는 생명수와 같다. 사람과 사람을 이어주고 마을과 마을을 이어주고 있다. 이 다리로 쌀이 오고 가고, 물이 오고 간다. 모든 생필품이 다리를 건너간다. 다리는 마을을 존재하게 해주는 생존의 조건이다.

'이 다리 같은 사람이 되고 싶다.'

슬기는 작은 희망을 품어본다. 다리처럼 누군가의 결핍을 채워주는 사람. 슬기는 글 쓰는 걸 좋아한다. 그래서 커서 작가가 되고 싶었다. 그 꿈은 혼자만 알고 있는 꿈이다. 그런데 지금 꿈을 이루신 백 작가님이란 분을 만나러 간다. 순간 심장이 두근거린다.

심장이 팔딱거리는 이 느낌이 참 좋다고 슬기는 생각한다. 싱싱한 활어처럼 심장이 뛴다. 백 작가님을 만날 생각을 하니 두통도 조금 덜한 것 같다. 그렇게 다리를 건너서 정자 앞을 지나 걸어가는데 앞에서 30대 중반쯤 되어 보이는 여인이 슬기에게 말을 건다.

"미안한데 나 좀 도와줘."

그러더니 여인은 몸을 비틀거린다.

"119 불러드릴까요?"

당황한 슬기가 그렇게 말하자 여인이 그게 아니라는 듯 손사래를 친다.

"아니, 그 정도는 아니고 나랑 잠깐만 이야기할래?"

"이야기요?"

"응, 사실은 내가 불치병에 걸렸거든. 평생 약을 먹어도 나을 가능성은 없고 점점 더 증상은 나빠질 거래. 그 사실을 어제 알았는데 아무에게도 말도 못하다가 지금 우울 증상이 심해졌어. 너랑 이야기하면 뭔가 속이 후련해질 것 같아서 그래."

이게 웬일이란 말인가? 슬기 본인도 시한부 선고를 받은 사람인데 자기와 비슷한 처지의 사람이 자신에게 도움을 청한다. 슬기는 이 상황이 먹먹하다. 누가 누구를 위로한단 말인가? 열다섯 머릿속이 복잡해진다.

"그래요, 언니. 언니라고 불러도 되어요?"

"응, 언니라고 불러."

두 사람은 정자에 나란히 앉았다. 나무로 지어진 정자는 아주 튼튼해 보인다. 태풍이 와도 100년의 세월이 흘러도 끄떡없을 것 같은 풍모를 지녔다.

"넌 이름이 뭐니?"

"전 장슬기예요."

"응, 그래. 나도 너처럼 어린 시절이 있었지. 그 시절이 그토록 아름다웠다는 걸 이제야 깨달았단다."

"제 시기가 아름다운 시기라고요?"

슬기가 믿기지 않는다는 듯 되묻는다. 말도 안 된다는 듯이. 열다섯이란 나이는 어리다고 할 수 없고, 성숙하다고도 할 수 없는 애매모호한 나이라고 평소에 생각했던 슬기다. 그런 자신의 나이대가 아름다운 시절이라니 이 언니 이상하다. 수긍할 수 없다.

"그럼, 슬기야. 넌 너의 시간이 얼마나 아름다운지 잘 모르겠지? 그럴 거야. 나도 그랬으니까. 그래서 난 그 시절에 가출도 하고, 부모님 속도 썩이고, 공부도 등한시했었어. 영원히 이대로 어릴 줄 알았거든."

"그러셨군요. 언니에게 그런 과거가 있으셨군요. 저도 부모님께 딱히 효도하는 딸은 아니에요. 공부도 열심히 하지도 않구요. 그냥 책을 좋아하고, 노래도 좋아하고, 춤도 좋아해요. 얼른 이 시절이 지나가고 어른이 되었으면 좋겠어요."

슬기는 자신도 3개월 시한부 선고를 받은 환자란 말은 언니에게 하지 않기로 한다. 그렇게 하면 이 연약한 언니는 슬퍼할 것이 분명할 것이기 때문이다.

"넌 꿈이 뭐니?"

"꿈이요? 음… 언니만 알고 계세요. 전 글 쓰는 사람이 되고 싶어요. 글을 쓸 때 가장 행복하거든요."

"그렇구나, 멋있다. 작가가 꿈이라니. 그 꿈 이루렴. 언니는 꿈이 없었어. 그냥 시간의 흐름에 몸을 맡기고 쾌락적인 삶을 살아왔을 뿐이야. 이렇게 몸이 아프고 보니 지난 시간이 후회가 돼. 누가 다시 너처럼 열다섯 살로 돌아가게 해준다면 내가 가진 모든 것을 주고서라도 돌아가고 싶어. 그래서 꿈을 가지고 인생을 다시 살아보고 싶어."

그 말을 경청하던 슬기가 두 눈을 샛별처럼 반짝이면서 이렇게 말한다.

"언니, 아직도 늦지 않았어요. 언니도 꿈을 꾸실 수 있어요."

왜 그런 말이 나왔는지 슬기 자신도 의문이다. 하지만 갑자기 그런 말이 입에서 튀어나왔다. 누가 누굴 위로하는 건지 모를 일이다. 난 겨우 열다섯 살인데 서른 살 언니에게 이런 말을 해도 되나 싶었다. 하지만 이 언니에게 꼭 해주고 싶은 말이었다.

"내가? 꿈을 꿀 수 있을까? 이 몸으로? 휴~"

언니가 비관적인 얼굴로 말한다. 슬기는 그런 언니에게 용기를 주고 싶다.

"그럼요. 얼마든지 꿈을 꾸실 수 있죠. 저도 꿈이 있는데요. 우리 함께 열심히 꿈을 꾸고, 그 꿈을 이루기 위해 살아가요."

"그래, 고맙다. 널 만나서 큰 위로가 되는구나. 늘 건강하고 훌륭한 작가가 되렴."

여인이 슬기에게 고맙다는 의미로 가방에서 사탕을 꺼내준다. 동그란 모양의 초록색 사탕이다.

슬기는 여인과 헤어진 후 다시 극심한 두통에 빠져들었다. 머리가 쪼개질 것 같다. 한 걸음 더 내디디면 죽을 것 같다. 몸의 한

계가 오는가 싶다. 갑자기 부정적인 생각에 사로잡힌다.

"꿈을 꾸면 뭐 해? 곧 나는 죽을 건데. 나 같은 아이에게 꿈이 과연 필요할까? 아까 언니에게는 꿈을 꾸시라고 해놓고 내가 왜 이러지? 몸이 아프니까 이제 모든 게 다 힘겹다."

혼자서 그렇게 되뇌이면서 겨우겨우 길을 걸어간다. 절반 정도 왔을 때 슬기는 잠시 걸음을 멈추고 길바닥에 주저앉았다. 약도상에 나온 길 말고 다른 샛길이 있어서 그 길로 가는 길인데 집 앞에 도로가 있고, 그 도로 앞에는 커다란 논이 있다. 푸릇한 모가 논을 가득 채우고 있었다. 송이는 숨을 고르면서 집을 살펴보았다. 작은 나무 간판 같은 게 있었는데 거기에 국가유공자의 집이라고 적혀있었다. 그러고 보니 태극기도 휘날리고 있었다.

"여기 주인분은 국가에 큰 공을 세우셨나 보다. 난 국가에 무슨 공을 세웠나?"

슬기의 입에서 그런 자아 성찰의 말이 나왔다. 자신도 그런 질문이 황당하다. 그래도 그런 질문을 스스로에게 던져보고 싶다. 가만히 생각해보니 국가에 공을 세우기는 고사하고 국가에 폐만 끼치진 않았나 싶다. 아프다고 이 나라에 태어난 걸 원망하기도 했다. 학교생활에 대해 늘 불만도 많았다. 그런 생각에 이르니 미래의 삶이 만약에 자신에게 주어진다면 국가유공자는 못 되더라도 국가에 도움을 주는 그런 사람이 되야겠다는 생각이 생겨났다.

엄청난 두통이 지속되고 있다. 슬기는 땅바닥에서 일어나 천천히 매우 느린 걸음으로 꿈꾸는 분식집으로 향한다. 이젠 서서 걸어갈 힘도 바닥이 난 것 같다. 이대로 그냥 포기하고 싶다는 생각이 목구멍 끝까지 올라왔다.

'포기해버려. 엄마한테 되돌아가.'

이렇게 마음속에서 속삭이는 소리가 들린다.

'아니야, 지금 포기하고 돌아가면 넌 장슬기가 아니야. 포기하려면 시작도 안 했어.'

이런 목소리도 들린다. 두 개의 목소리가 슬기를 두고 싸운다. 슬기는 고개를 젓는다. 슬기는 모든 힘을 쏟아부어서 한 걸음, 한 걸음 앞으로 걸어가고 있다. 이젠 진짜 걸을 힘도 바닥이 났다. 슬기의 얼굴은 땀으로 흠뻑 젖어있다. 옷은 땀으로 젖어서 전부 축축하다. 머리도 점점 더 아프고 몸도 쑤시기 시작한다. 그 무서운 통증이 시작되는 것이다. 이 정도로 아프면 지금 병실에서 수액을 맞고 죽은 듯이 누워있어야 한다. 그런데 수액은커녕 슬기는 길바닥에서 죽기 살기로 걷는 중이다.

"아, 안 되겠다."

코앞에 황토색 이층집이 보이는데, 10미터 정도만 더 가면 되는데 슬기는 이제 무릎을 꿇고 길에 앉아버렸다. 더는 일어설 힘이 없다.

'어떻게 하지? 난 저곳을 가야만 해. 엄마를 생각해서라도.'

슬기가 굳은 결심을 한 듯 손과 발을 이용해 마침내 기어가기 시작한다. 사람 한 명 없는 시골길을 열다섯 어린 슬기가 육체의 모든 힘을 끌어모아 기기 시작한 것이다. 손바닥에서 새빨간 피가 난다. 여기서 멈출 수는 없다고 입술을 깨문다. 죽을 것만 같다. 슬기는 죽음을 각오하고 기어가는 중이다.

"이렇게라도 가야지. 백 작가님, 제가 왔어요."

힘겹게 기어가는 슬기의 앞에 하얀색 원피스를 입은 고운 여인이 나타났다. 오십 대 중반의 그 여인은 마치 그리스 신화에 나오는 여신처럼 신비로웠다. 슬기는 앉아서 그녀의 얼굴을 바라본다. 분명히 주름도 있고, 나이도 들어 보이는데 젊은 여자보다 더 아름답다. 이분이 바로 그분이구나. 직감적으로 그녀가 바로 백 작가란 걸 느낀 슬기의 얼굴이 비로소 펴진다.

"작가님, 제가 왔어요."

"그래요, 이렇게 힘들게 여기까지 오신 슬기 씨를 보니 제가 눈물이 나요."

백 작가가 눈물을 흘리면서 슬기를 일으켜 세워준다. 그 손길이 얼마나 따뜻한지 슬기 역시도 눈물이 펑펑 쏟아진다. 이것은 신의 계시가 분명하다. 어떻게 내가 이런 모습으로 여기까지 올 수 있었을까? 어린 슬기의 가슴에 감동의 물결이 출렁인다.

'내가 해냈어. 내가 해내고야 말았어.'

그 순간 자신이 백혈병 환자라는 것, 3개월 시한부 인생이라는 것은 하나도 생각나지 않았다. 오직 자신과의 약속을 지키고 이곳에 왔다는 게 대견했다.

"슬기 씨가 해내셨어요. 그렇게 아픈 몸으로 여기까지 오신 것은 슬기 씨가 얼마나 위대한 사람인지를 스스로 증명해내신 거랍니다. 자, 방으로 들어가요."

백 작가의 집은 소박했다. 정말 검소하고 겸손한 분이란 걸 집만 보고도 알 수 있었다. 슬기는 작가님이 존경스러웠다.

"작가님, 저는 장슬기예요. 저는 지금 백혈병에 걸렸고, 3개월밖에 못 산다는 시한부 선고를 받았어요. 이 말씀은 미리 드려야 할 것 같았습니다."

슬기가 자신의 불행하고 가여운 처지를 가감 없이 말했다. 백 작가가 인자한 표정으로 그 말을 듣는다.

"슬기 씨, 이 세상 사람들은 누구나 시한부 인생이에요. 어떤 사람은 40년 시한부 인생, 어떤 사람은 70년 시한부 인생. 누구나 자신의 정해진 수명이 있죠. 슬기 씨가 3개월밖에 못 산다는 건 오해예요. 제가 보기엔 90세 이상 사실 것 같은데요."

"제가 그렇게 보여요?"

곧 죽을 사람한테 농담도 잘하는 작가님이라고 생각하면서도 그렇게 말해주는 작가님이 고맙다.

"그럼요, 제가 보기에는 그 누구보다 건강하게 장수하실 것 같아요."

"말씀이라도 고맙습니다. 작가님, 전 비빔밥이 먹고 싶어요. 그리고 비밀처방전도 받고 싶어요."

슬기는 엄마가 가르쳐 준 대로 주문을 한다. 비밀처방전이 뭘까 무척 궁금하다.

"비빔밥 재료를 제가 준비해 놓았어요. 우리 슬기 씨 드리려고요. 상추를 좋아하시는 것 같아서 밭에서 꽃상추도 따다 놓았고요."

"정말이요? 제가 꽃상추가 들어간 비빔밥을 제일 좋아하는데. 감사합니다."

이 집에 들어오기 전에 곧 숨이 넘어갈 것 같았던 통증들이 모두 사라졌다. 슬기는 그게 신기했다. 그러고 보니 이 집 내부에는 100년은 더 되어 보이는 커다란 소나무 기둥이 있다. 소나무에서 숲의 향기가 은은하게 풍겨 나온다. 집 자체가 치유의 향기를 뿜어내고 있는 것 같았다. 무엇보다도 백 작가의 모습을 바라볼수록 마음이 행복해진다. 그동안 자신을 감싸고 옥죄어 오던 죽음에 대한 공포, 두려움들이 말끔하게 사라졌다.

백 작가가 요리를 한다. 동그란 후라이팬에 식용유를 두르고 계란 하나를 툭 깨서 후라이를 만든다. 지글지글 기름이 끓는 소리가 리듬감 있게 들린다. 슬기는 그 소리가 좋다. 꽃상추를 가위로 자르고, 어린 무청으로 만든 나물을 참기름으로 조물조물 무친다. 초록색 부추도 잘게 잘라 논다. 다진 돼지고기를 간장과 물엿을 넣고 볶는다. 방 안에 고소한 고기 냄새가 가득 찬다.

슬기는 지금 침이 꼴딱 넘어가고 있다. 정말 맛있어 보여서다. 빨리 먹고 싶을 뿐이다. 그런 슬기의 심정을 알고 있다는 듯 백 작가가 손을 빠르게 움직인다. 식탁 왼편에 있는 압력밥솥에서 밥을 꺼내 커다란 냉면 그릇에 담는다. 아까 준비한 재료들을 올린다. 그 모습을 넋을 놓고 바라보던 슬기가 탄성을 지른다.

"정말 아름다우세요. 작가님은 요리하시는 모습도 멋지시네요. 저도 작가님처럼 요리 잘하고 싶어요."

그 말에 백 작가가 눈웃음을 짓는다.

"슬기 씨도 요리 잘하실 거예요. 슬기 씨도 저처럼 꿈이 작가시란 거 알아요."

"어떻게 아셨어요?"

"아까 길에서 들었잖아요."

아까 길에서라니? 그렇다면 그 여인이 바로 백 작가님이었단 말인가? 슬기는 혼란스러웠다. 하지만 이해한다. 백 작가님이라면 가능한 일일 것 같았기 때문이다.

"그분이 작가님이셨군요. 전 그것도 모르고."

"슬기 씨도 저처럼 습작하는 걸 좋아하시죠? 수시로 노트에 글을 적으면서 내 안에 있는 감정들과 생각들을 표현하는 일, 글을 쓰는 일을 평생 하고 싶다는 작은 소망, 그게 작가들의 공통점이죠."

"어떻게 그렇게 저의 마음을 잘 아세요? 네, 맞아요. 작가님, 전 평생 글 쓰면서 살고 싶어요. 그런데 이젠 이루어질 수 없는 헛된 소망이 된 것 같아요. 3개월 후에는 땅속에 있거나 가루가 되어서 사라질 거니까요."

절망적인 말을 하고 슬기가 의기소침해진다. 그때 백 작가가 식탁 바로 옆에 있는 컴퓨터 전원을 켠다. 포털 사이트를 열더니 어떤 뉴스 하나를 클릭해서 크게 확대한다.

"슬기 씨, 이거 읽어봐요."

슬기가 백 작가가 확대시켜 놓은 뉴스를 보니 획기적인 백혈병 치료제가 개발되었다는 내용이 있었다. 오늘 자 뉴스다.

"걱정 말아요. 이 치료를 받으면 슬기 씨 병은 금방 호전될 거니까요. 우리 마을에도 말기암에 걸려서 오셨는데 잘 치료받고 긍정적인 생각을 가지고 생활하시니까 말기암이 완치되신 분도 있어요. 그분 지금 아주 건강하시답니다."

"정말이요? 말기암이신데 건강해지셨다구요?"

"그럼요. 이 뉴스에 나온 신약은 슬기 씨 백혈병에 아주 큰 효과를 발휘할 거예요. 긍정적인 마음으로 치료받으시면 분명히 좋아질 거예요. 제가 약속드릴게요."

"진짜 그렇게 될까요, 작가님? 저도 건강해져서 제 꿈을 이루면서 살아갈 수 있을까요?"

"물론이죠. 사람은 자신이 생각하는 방향으로 바뀌어 간답니다. 내가 긍정적인 생각을 가지고 건강해질 것이라고 생각하면 그렇게 되고, 내가 부정적인 생각으로 병에 걸려 곧 죽을 것이라고 생각하면 그렇게 되어요. 생각이 그만큼 강력한 영향력을 행사하는 거죠. 그러니까 슬기 씨는 지금 이 시간 이후부터 나는 반드시 건강해질 것이다, 라고 생각하면 되어요. 생각의 힘이 슬기 씨의 병을 물리쳐 줄 거니까 아무 걱정 말아요."

그 말을 들은 슬기가 안도의 미소를 짓는다.

'생각의 힘을 믿어보자. 난 틀림없이 건강해질 거야.'

이런 생각을 해본다. 그러자 불끈 에너지가 솟는다. 내 안에 이런 힘이 있다니! 기분도 굉장히 좋다. 요즘 경험해본 적 없는 좋은 기분이다. 그리고 다리에 힘도 생겨나서 달리기도 해볼 수 있을 것 같다.

"작가님, 신기하게 생각을 긍정적으로 지니니까 몸이 좋아지는 것 같아요. 앞으로는 절대 부정적으로 미래를 비관하지 않겠습니다. 치료도 잘 받고 긍정의 마음으로 살아갈게요. 그래서 제 꿈을 이루어서 작가님을 능가하는 훌륭한 작가가 될게요."

슬기가 당돌하게 말하자 백 작가가 웃는다. 그 웃음이 한없이 자애롭다.

"그렇게 꼭 되실 거라고 믿어요."

백 작가가 냉면 그릇에 고추장 한 숟가락을 넣고 방앗간에서 짜온 국내산 들기름을 듬뿍 뿌린다. 먹음직스러운 비빔밥이 완성되었다.

"자, 슬기 씨, 비빔밥 드세요. 전 이층에 올라가서 슬기 씨에게 드릴 비밀처방전을 가지고 올게요."

"네, 감사합니다. 비빔밥이 맛있게 보여요. 잘 먹겠습니다, 작가님."

슬기는 허겁지겁 비빔밥을 입속에 집어넣는다. 얼마나 배가 고팠는지 밥이 꿀맛이다. 생각이 바뀌니 입맛도 엄청 좋다. 순식간에 비빔밥을 다 먹고 백 작가가 내려오길 기다린다. 그러고 보니 물도 약초를 넣어서 끓인 것 같다. 대추 향기도 나고, 버섯의 잔해들도 보인다. 귀한 약초물도 주시고 고마우신 작가님이라고 생각한다.

"이 비밀처방전은 슬기 씨의 평생 친구가 되어줄 거예요. 이 글은 제가 슬기 씨를 위해 쓴 글이니까 슬기 씨가 할머니가 될 때까지 간직하고 읽어주세요."

"할머니라는 말 들으니까 좋아요. 제가 할머니가 될 수 있다는 것만으로 행복할 것 같아요. 잘 간직하고 꼭 읽어보겠습니다, 작가님."

백 작가가 슬기의 작은 손을 가만히 잡아준다. 그 순간 슬기는 시간이 멈춘 것 같은 느낌을 받았다. 마치 4차원의 세계로 인도되어 가는 것 같은 느낌! 극도의 행복감이 느껴졌다. 이게 무슨 느낌이지 싶었다. 짜릿하고도 온유한 바람 같은 것이 자신의 온몸을 구석구석 정성껏 어루만져 주었다.

그것이 백 작가가 슬기에게 건네준 마법의 치유제인 걸 슬기는 알 수는 없었다. 하지만 뭔가 특별하다는 걸 슬기는 어렴풋이 짐작할 수 있었다.

백 작가는 슬기의 손에 난 상처에 약을 발라주었다. 그 손길이 따스해서 슬기는 눈시울이 붉어졌다. 정말 소중하고 감사한 분이라고 생각했다. 그리고 슬기가 집을 나서서 멀어질 때까지 오래오래 배웅해주었다. 슬기는 백 작가의 얼굴을 몇 번이나 뒤돌아서서 바라보며 두 눈에 담았다.

터미널까지 슬기는 아주 씩씩하게 걸어갔다. 언제 기어다녔냐 싶게 건강해진 모습이다. 얼굴에는 생기가 가득하고, 걸음걸이는 운동선수처럼 날렵하다.

"엄마, 나 다녀왔어."

슬기의 생기발랄한 얼굴을 보고 엄마가 차에서 나와 껴안는다.

"괜찮니?"

"응, 괜찮아. 나 백 작가님 만났어. 작가님이 비빔밥도 해주시고 비밀처방전도 주셨어. 작가님이 백혈병 신약도 알려주셨어. 그 약으로 치료받으면 좋아질 거래. 그리고 무엇보다 긍정적인 마음으로 치료받고 지내면 다 나을 거라고 약속하셨어."

"그래, 맞는 말이야. 긍정적인 마음으로 치료받고 즐겁게 지내자. 작가님이 고맙구나."

슬기가 엄마 품에 포근히 안겨서 웃음을 짓는다. 이곳에 오길 정말 잘했다고 생각하면서. 그런 모녀 위로 따뜻하고 향긋한 봄 햇살이 비춘다. 그 빛은 천상에서 내려오는 치유의 빛이었다. 그 시간 백 작가는 꿈꾸는 분식집에서 슬기를 위한 기도를 하고 있다. 슬기가 완치되기를 바라면서 슬기의 꿈이 꼭 이루어지기를 간절히 기도하고 있었다.

병원에 돌아온 슬기가 엄마가 자는 틈을 이용해서 조용히 서류봉투에서 비밀처방전을 꺼내 읽어본다. 그 종이에서는 지혜의 향기가 나는 것 같았다. 슬기는 글을 읽기 전부터 가슴이 콩닥거려왔다. 작가님 생각이 나서다. 백 작가님의 자애로운 사랑이 떠올라서 심장이 설레었다. 천천히 글을 읽어 내려간다.

사랑하는 슬기 씨에게 이 글을 선물합니다.

이것이 마지막이라는 생각이 들 때 다시 일어서라

흉물스럽게 늘어선 빈 건물들 사이를 비집고 쉴 틈 없이 가시 손톱 같은 바람이 들락거리듯 앙상하게 메말라버린 인간의 가슴 사이에는 공허한 한숨만이 산울림처럼 맴돌게 될 것이다.
살갗을 에는 찬바람 쌩쌩 부는 한겨울에도 찢어진 신문지 몇 장으로 걸레처럼 갈기갈기 찢어진 육신과 마음을 가리고 긴 밤을 지새우는 노숙자들을 본 적이 있는가? 퀭하게 패인 두 볼에서 짓무른 슬픔들이 덩어리째 흘러나온다.
한여름 땡볕이 이글거리며 가슴에 들러붙는 오후 도심지에 술에 엉망으로 취한 채 건물 입구에 편히 누워서 자고 있는 사람도 종종 있다. 행인들의 싸늘한 시선 따위는 그들을 긴 잠에서 깨우지 못한다.
그들에게는 이미 희망이란 글자가 뇌리에서 까맣게 지워져 버린 것은 아닐까? 어쩌면 희망이나 긍정적 사고란 말들은 가진 자들의 하릴없는 짓거리들이라고 일부러 아는 체 안 하고 있는지도 모른다. 우리는 살면서 수많은 작은 실패와 역경에 부딪히고 가로막힌다. 그러다가 자신의 힘으로는 도저히 감당할 수 없는 절체절명의 난관에 다다르게 되기도 한다.

사람의 일생은 늘 잘 뚫린 고속도로처럼 평탄하거나 유유히 흐르는 강물처럼 막힘없이 흘러가지만은 않는다. 잘 나가다가도 앞차가 추돌사고를 내어 몇 시간을 애태우며 기다려야 하는 것처럼, 잘 흘러가다가도 가뭄이 들어 물길이 메말라버릴 수도 있는 것처럼 숱한 위기의 고비를 만나게 된다.

만약 어떤 운 좋은 사람이 세상에 태어난 이래 단 한 번도 실패나 슬픔, 고난이 없이 평생을 살아간다면 그 인생은 과연 행복할까? 그것은 하루종일 푹신한 물침대 위에 누워 누군가가 떠먹여 주는 죽을 받아먹고 모든 귀찮은 일들에 손 하나 까딱하지 않으며 일생을 살아가는 거와 같다. 그렇게 산다면 한없이 나태해지고 무기력해져 결국엔 자신의 몸조차 가누기 어려울 정도로 황폐화되고 말 것이다.

그러나 신은 인간에게 다행히도 적절한 역경과 고난을 안겨주었다. 모든 인간은 누구나 예외 없이 하나 이상의 머리 아픈 문젯거리를 지니고 살아가고 있으니 말이다. 그렇게 소소한 어려움들을 헤쳐 나가면서 살아가다가 어느 날은 정말 도저히 감당할 수 없을 것 같은 위기에 봉착하게 된다.

이것이 내 인생의 마지막이라는 생각이 들 만큼 절망적이고 고통스러운 일이 그대의 숨통을 옥죄여 온다. 아무리 필사적으로 헤엄쳐 나가려고 해도 점점 더 깊고 어두운 절망의 수렁으로 빨려 들어갈 뿐이다. 주위 사람들마저 그런 그대를 비정하게 버릴 것이다. 그대에게는 이제 돈도 없고, 다정했던 친구도 없고, 심지어 울타리가 되어줄 가족도 없다. 게다가 없는 사실까지도 허위로 조작 유포되어 당신의 명예마저 처참하게 짓밟힌다. 가여운 그대는 세상 사람들의 오해로 범벅된 왜곡된 시선에 숨이 막힌다. 아무리 둘러보아도 도와줄 사람은 없다. 이런 한계상황에 이르게 된다면 산다는 것 자체가 오히려 고통의 시작일 수도 있을 것이다. 그렇지만 삶을 진정으로 사랑하는 사람이라면 이런 극한의 상황에서도 결코 포기하지 않아야 한다.

이것이 정녕 마지막이라는 생각이 들 때 다시 일어서라. 돈이 없다면 자신이 할 수 있는 최소한의 일거리라도 찾아서 하라. 얼마를 버느냐가 중요한 것이 아니라 무슨 일인가를 할 수 있다는 사실이 더 중요하다. 아무리 하찮아 보이는 일이라도 내가 그 일에 열정을 쏟아부을 수 있다면 그 누구도 그대를 함부로 대할 수 없을 것이다.

애인에게 버림받은 실연의 상처 때문에 정말 죽고 싶은 생각이 든다면 내가 한때는 사랑했던 그 사람의 행복을 진심으로 빌어주어라. 그대가 만약 나쁜 선택을 한다면 그 사람에게 복수를 하는 게 아니라 스스로에게 씻을 수 없는 죄를 짓는 것이다. 누군가 자신의 등에 칼을 꽂았다고 해도 그를 향해 보복의 화살을 겨누지 말라. 악에 악으로 대처하면 남는 건 더 극심한 고통일 것이다. 악에 선으로 응수할 수 있는 배짱과 여유를 가질 때 삶을 향기롭게 장식할 수 있다.

하락한 실적과 그로 인한 압박들로 삶의 의지를 잃어가고 있다면 그 일이 아닌 다른 것들로도 충분히 성공에 이르게 된다는 사실을 기억해라. 자신의 적성에 맞는 새로운 일을 찾아 과감히 떠나라. 그런 경우는 얼마든지 찾아볼 수 있다. 뜻하지 않게 찾아온 질병으로 아파하고 절망하고 있다면 왜 나인가 하고 원망하기보다는 더 좋은 치료방법에 대해 고심하고, 자신보다 심한 병으로 고생하는 다른 환자들을 바라보라. 얼마든지 그대는 병을 이겨낼 수 있다. 긍정적인 마음은 기적을 만들어낼 수 있다. 수많은 어려움들이 여러분을 괴롭게 한다. 그것들에게 나약하게 굴복하고 말 것인가?

용기를 내고 희망을 가져보자. 우물의 가장 밑바닥에서 올려다보는 하늘이 더 높고 푸르듯 인생의 가장 낮은 곳에서 용감하게 다시 일어서서 되찾은 행복의 별이 가장 아름답게 빛나는 법이다. 이것이 마지막이라는 생각이 들 때 자신을 구속하는 모든 부정적인 기운을 떨치고 다시 일어서라.

보석 같은 글귀를 보고 감격스러워서 눈물이 났다.
'이것이 마지막이라는 생각이 들 때 다시 일어서라고 하시는 말씀. 어쩜 바로 나에게 해당되는 말이잖아. 작가님이 내게 다시 일어서라고 용기를 주시네. 감사합니다. 백 작가님, 다시 일어설게요. 그래서 그 누구보다 열심히 꿈을 이루어 갈게요.'
다시는 만날 수 없는 백 작가님에게 감사의 인사를 하는 슬기의 눈에 그리움이 가득하다. 그분을 다시 뵐 수 있다면 얼마나 좋을까? 그러나 나보다 더 힘든 분들을 위로하셔야 하니까. 비밀처방전은 슬기에게 큰 도움이 되었다. 그 글을 읽고 나서부터 더 긍정적으로 변한 슬기는 치료에도 적극적으로 임했다. 늘 밝고 환하게 웃으면서 치료를 받았다.
"이건 놀라운 기적입니다."
의사가 슬기 엄마에게 믿기지 않는다는 듯이 말한다.
"네?"
"슬기가 완치가 되었습니다."
"정말이요?"
"네, 신약을 쓰긴 했지만 이 정도로 극적으로 호전된 건 드문데 정말 기적입니다. 하늘이 도우신 것 같습니다."
"감사합니다, 선생님."
슬기 엄마는 기쁨을 감출 수가 없다. 슬기가 다 나았다니! 불과 한 달 전만 해도 3개월 시한부 선고를 받고 절망에 사로잡혀 있었는데, 신기하게도 백 작가의 꿈꾸는 분식집에 다녀온 후부터 급속도로 슬기의 병세가 좋아졌던 것이다. 그러더니 오늘 완치판정까지 받았다.

"슬기야, 너 다 나았대. 내일 퇴원해도 된대."

"그럴 줄 알았어. 작가님이 다 나을 거라고 하셨다니까."

의외로 슬기는 담담하다. 마치 어른 같은 그 모습이 귀엽기도 해서 엄마는 웃음이 난다.

"우리 슬기, 어른이 다 되었네. 장하다, 내 딸."

슬기 엄마는 이제야 긴장이 풀린다. 백 작가님이 누군지는 모르지만 슬기를 이렇게 변화시켜 주시다니 대단한 분인 것 같다는 생각이 든다. 다음날 슬기는 퇴원을 했다. 그리고 백 작가와 약속한 대로 긍정적으로 사물을 해석하고, 사람들을 대할 때도 긍정적으로 대했다. 글쓰기도 열심히 했다. 하루하루가 이렇게 행복할 수 있다는 걸 요즘 느끼는 중이다.

"작가님, 저 슬기예요. 저 백혈병도 완치되었고, 글도 열심히 쓰고 있어요. 보고 싶은 작가님, 제가 열심히 글 써서 작가님 능가할 테니까 긴장해주세요. 작가님이 가르쳐 주신 긍정의 힘이 정말 큰 도움이 되었습니다. 늘 긍정적인 생각을 가지고 나머지 인생을 살아가겠습니다. 사랑해요, 작가님."

슬기가 새벽 하늘에 처연하게 반짝이는 새벽 별을 바라보면서 말한다. 새벽 별 하나가 그런 슬기에게 파란 미소를 지어 보인다.

"우리 슬기 씨, 멋져요. 지금처럼 멋지게 살아요. 그 모습 그대로. 긍정적으로 어떤 시련에도 굴복하지 말고 당당하게 살아가세요."

　새벽 별이 그렇게 말하는 것을 귀 기울여 듣는다. 그 새벽 별이 백 작가가 보낸 마음의 별인 것을 직감적으로 느끼면서.